KB042960

하이베른가의 대공자

하이베른가의 대공자 2

초판 1쇄 인쇄일 2023년 7월 3일 | **초판 1쇄 발행일** 2023년 7월 6일

지은이 청루연 | **펴낸이** 곽동현 | **담당편집 팀장** 이범수
편집부 정요한 김승건 조혜진

펴낸곳 (주)조은세상 | 출판등록 제2002-23호
주소 서울특별시 동작구 동작대로1길 27 5층
TEL 02)587-2966 | FAX 02)587-2922
E-mail bukdu@comics21c.co.kr

청루연ⓒ2023
ISBN 979-11-391-1966-4 | ISBN 979-11-391-1964-0(set)
값 9,000원

※잘못 만들어진 책은 구입처에서 바꿔드립니다.
※저자와의 협의에 의해 인지는 생략합니다.

2

북두
(하)좋은세상

하이베른가의 대공자

청루연
판타지 장편소설

청루연 판타지 장편소설

FANTASY STORY

CONTENTS

Chapter. 8

잔뜩 얼굴을 일그러뜨린 채 루인을 노려보고 있는 아라혼.

감히 르마델의 1왕자를 상대로 왕실을 기만하는 보고를 청탁하는 주제에 뭐?

그 대가란 것이 고작 친구가 되어 주겠다?

서로 친구가 된다면 더 큰 이득을 얻는 쪽은 오히려 놈이었다.

명망 높은 귀족가들은 지금 이 순간에도 자신의 비위를 맞추기 위해 온갖 구애의 손길을 보내오는 터.

자신은 다름 아닌 르마델의 1왕자.

르마델의 차기 국왕으로 유력한 존재.

분을 삭이던 아라혼이 채 운을 떼기도 전에 루인이 먼저 입을 열었다.

"설마 지금 나를 두고 셈을 하고 있는 건가?"

"가소롭구나. 그대가 아무리 베른가의 대공자라고 해도 지금까지 이 왕국에서 아무런 존재감도 없었다."

아라혼의 얼굴에 어려 있는 냉소가 더욱 진해졌다.

"그 어떤 능력도 알려진 바 없는 그야말로 무명의 귀족. 베른가의 전폭적인 지지라면 몰라도 고작 그대 따위로는 내 환심을 살 수 없다."

"능력이라……."

어이가 없다는 듯 묘하게 비웃고 있는 루인.

이윽고 루인의 차가운 목소리가 홀 내부에 가득히 울려 퍼졌다.

"능력을 가늠한다는 것은, 가늠하는 자의 역량이 철저히 비교 우위에 있을 때야 비로소 가능한 것. 그대는 날 가늠할 수 있는 자가 아니다. 1왕자."

"무슨 소리냐?"

루인의 두 눈이 더욱 매서운 빛을 발했다.

"정식으로 왕국의 기수가를 대면하는 자리에서 대뜸 상대의 명예를 모욕하며 시험하는 옹졸함."

"그것은……!"

아라혼의 반론을 가볍게 손짓으로 물리치며 다시 입을 여는 루인.

"상대의 갑작스러운 반말로 무너진 평정심. 왕국의 내전 같은 말도 안 되는 상황을 서슴없이 믿어 버리는 형편없는 사고력."

"……그건 또 무슨 뜻이지?"

피식.

"하이베른은 왕국의 명예로운 기수다. 왕실에 대한 충성과 기사의 신념으로 충만한 검술 명가가 고작 대공자 하나 죽었다고 해서 르마넬 왕국을 적으로 돌릴 것 같은가?"

순간 루인의 눈빛이 더없이 강렬해졌다.

"그대는 내 모든 행동에 압도당해 정상적인 사고를 잃어버렸다. 하지만 무엇보다 가장 실망스러운 것은."

"실망?"

루인의 입가가 묘한 미소를 그려 낸다.

"두려움을 느꼈다는 것. 왕족이라면, 아니 왕이 될 인간이라면 결코 함부로 드러내선 안 되는 감정이지."

아라혼이 피가 나도록 입술을 깨물었다.

놈이 8천의 병력을 운운했을 때, 순간이나마 가슴이 서늘했던 것은 사실.

그 짧은 순간에 놈은 자신의 얼굴에 드리운 두려움을 읽은 것이다.

"물론 나를 두려워한 것은 아니겠지. 그대가 두려워한 것은 폐하의 신망을 잃는 것. 그대의 무능한 협상 결과가 왕실을 향한 베른가의 적대를 불러일으킨다면……."

"……."

"6왕자 케튜스를 향한 한없이 자애로운 폐하의 마음은 확신으로 바뀔 테니까."

"그, 그대가 어떻게?"

아라혼은 여느 때보다 놀라고 있었다.

물론 자신 역시 귀족들의 수군거림을 잘 알고 있었다.

귀족들에게 장자 계승의 원칙을 내세운 것은 다름 아닌 왕실.

그럼에도 왕실이 성년이 훌쩍 지난 1왕자를 왕세자에 봉하지 않는다는 것은 전례가 드문 일이었다.

자연히 귀족들이 기이한 눈으로 바라볼 수밖에 없는 터.

그러나 그렇게 어렴풋이 짐작하는 것과 직접적으로 6왕자 케튜스를 언급하는 것은 차원이 다른 문제였다.

케튜스를 향한 아버지의 따뜻한 눈빛은 자신만 느끼는 것.

기대 어린 표정.

자애로운 말투.

무료한 왕의 일상 속에서 케튜스를 바라볼 때만큼은 늘 감정을 찾아가는 아버지.

왕실의 비밀스러운 사정에 아무리 밝다고 해도 그것은 이 머나먼 대공가에서 결코 알 수 없는 사실이었다.

"……그대는 내 동생 케튜스를 본 적이 있는가?"

"아니. 전혀."

당연했다.

케튜스 왕자는 아직 사교계에 이름을 알리지 않았다.

나이도 어렸고, 무엇보다 케튜스는 사람들 앞에 나서기를 좋아하는 아이가 아니었다.

케튜스의 실물을 본 사람은 극히 제한된 신하들 몇몇이 전부.

"케튜스를 본 적도 없는 그대가 어떻게?"

루인이 예의 의미 모를 웃음을 발했다.

"그건 중요한 게 아니지. 중요한 것은 그대가 또 한 번 쉽게 동요하며 내 예상을 싱겁게 증명시켜 주었다는 것이다."

루인의 과거 속 '우울한 국왕' 케튜스.

왕국의 멸망을 온몸으로 감내해야만 했던 불운한 왕.

별다른 변수가 없다면 그가 르마델의 차기 왕이 될 것이었다.

"폐하의 마음을…… 예상했다고……?"

국왕의 얼굴 한 번 마주하지 않은 자가 짐작만으로 왕의 마음을 헤아린다? 그런 것이 진실로 가능한가?

사람의 마음이란 곁에 두고 평생을 살펴도 쉽게 헤아릴 수 있는 것이 아니었다.

인간의 마음은 사고와 분별의 영역이 아니기 때문.

아버지의 모호한 태도와 의미를 알 수 없는 말들 때문에 긴 세월 동안 치를 떨어 온 아라혼이었다.

한데 놈은 그런 자신보다 아버지를 더 잘 안다는 듯이 말하고 있었다.

"그대의 승낙 여부는 후일 왕성에서 들려오는 소식으로 대신하지."

어처구니없게도 놈은 확신에 찬 눈이었다.

마치 자신이 왕실에 평범한 보고를 할 것이라 믿어 의심치 않는다는 듯한.

그러나 아라혼의 놀람은 여기서 끝이 아니었다.

"그 전에 충고 하나를 하지. 왕국 내에서의 그대의 평판을 의도적으로 깎아내려 온 자가 있을 것이다. 그대의 입장에선 그를 찾아내는 것이 급선무다."

아라혼의 두 눈이 휘둥그레 떠졌다.

"내 평판을 의도적으로 깎는 자가 있다고……?"

묵묵히 고개를 끄덕이는 루인.

"진실에 그럴싸한 거짓을 보탰겠지. 본디 선동이란 그런 것이다. 자그마한 흠을 부풀려 없는 사실을 만들어 내는 거지."

"그런……!"

마치 전혀 알지 못했다는 아라혼의 태도에 루인은 기가 차다는 표정을 했다.

"밀행을 나간 적이 한 번도 없었나?"

밀행(密行).

신분을 숨기고 백성들과 허물없이 어울리는 행위.

왕국의 민심을 살피는 데는 그만한 것이 없으나 호위 문제 때문에 여러 제약이 많았다.

호위 기사들 전체가 왕족과 함께 신분을 위장해야 했기 때문.

"없었군."

루인이 바라본 아라혼.

고귀한 신분을 내세우기 좋아하는 전형적인 왕족의 느낌.

그런 그가 여행자나 상인으로 위장하여 굳이 자신의 위세를 감출 리 만무했다.

"당장 밀행부터 나가 보는 걸 추천하지. 그대가 르마델 왕국 내에 어떤 1왕자로, 아니 어떤 인간으로 불리는지를 먼저 알아보는 편이 낫겠군."

꾹 다문 입.

할 말을 다 했다는 듯, 루인이 완곡히 입을 닫아 버리자 이제 답답한 쪽은 아라혼이었다.

"도대체 누가! 이번에는 예상되는 인물이 없는가?"

루인이 의미를 알 수 없는 얼굴로 한참 동안 침묵하자 왠지 모르게 아버지가 겹치는 아라혼이었다.

짧지 않은 시간 동안 생각을 정리한 루인이 무심하게 입을 열었다.

"화를 내고 두려워하다 궁금해하고 또 욕망을 드러낸다라…… 그대는 너무 열혈이군. 모든 감정을 너무 적나라하게 드러내."

루인은 르마델의 국왕이 왜 아라혼을 왕재(王才)로 여기지 않는지 이제는 알 것 같았다.

"감정을 드러낸다는 것은 상대에게 읽힌다는 것. 예측 가

능한 인물이 왕이 된다면 반드시 왕권은 약화되고 신하들의
권력이 강해진다."

순간 아라혼은 자신의 어린 동생 6왕자 케튜스가 떠올랐다.

기사의 재능, 학문의 성취, 예술적 감각, 무엇 하나 특별할
것도 없는 그저 수수하고 말수가 적은 놈.

그러나 루인의 말을 듣는 순간, 평소 바보 같다고 여긴 케
튜스의 모든 점들이 비범한 것들로 변해 버렸다.

창백한 얼굴.

하지만 감정을 쉽게 읽을 수 없는 눈동자.

필요한 말만 하는 담백한 성격.

쉽게 드러내지 않는 욕망.

나이답지 않은 침착함.

그 외의 모든 절제된 행동들까지.

'그래서……!'

케튜스의 모든 것들이 왕의 자질.

빌어먹을 아버지를, 르마델의 국왕을 닮아도 너무도 닮았다.

루인의 무심한 음성이 다시 들려온다.

"사람이 쉽게 변할 수는 없지. 하지만 그대가 왕이 되고자
한다면 반드시 그 성격을 고쳐야 할 것이다."

한동안 말없이 무겁게 침묵하고 있는 아라혼.

꽤 긴 시간 동안 생각을 가다듬던 그는 어느덧 좀 더 깊어
진 눈빛으로 변해 있었다.

루인을 향한 아라혼의 두 눈.

그것은 더 이상 상대를 업신여기거나 경계하는 눈빛이 아니었다.

"내 친히 그대의 친구가 되어 주도록 하지."

피식.

"루인 베른. 사자의 가호, 몽델리아 산맥의 정령들 아래 그 뜻을 받아들이겠다."

루인이 묘한 웃음을 머금고 있었지만 아라혼은 왠지 가볍게 들리진 않았다.

"마치 무슨 서약 같군."

여전히 웃음 띤 표정으로 침묵하고 있는 루인.

대마도사 루인이 이름을 걸었다는 것은 피로 맺은 서약보다 더한 약속.

미래에 왕국을 통째로 지워 버릴 악마를 길들인다는 것은 그만큼 루인에게도 중요한 일이었다.

"그대를 다시 만나러 오겠다. 그리 길진 않을 거야."

"즐겁게 기대하지. 다시 만날 땐 그대가 왕세자가 되어 있었으면 좋겠군."

의자에서 일어나 돌아가려던 아라혼도 피식 웃었다.

"벌써 왕세자를 이용해 먹을 생각부터 하는 건가."

"주었으면 받아 내는 것이 세상의 이치니까."

별다른 반론 없이 자신의 욕망을 순순히 인정하는 루인을 응시하며 아라혼은 과연 범상치 않은 놈이라고 생각했다.

확실히 놈에게 받은 것은 컸다.

왕실에서는 평생을 살아도 듣지 못할 말들.

실타래처럼 얽혀 있던 복잡한 마음이 이곳 베른가에서 모두 풀어지는 느낌이었다.

"다시 보겠다. 하이베른가의 대공자."

루인의 표정이 진중해졌다.

아라혼이 처음으로 자신의 가문을 하이(High)로 존중한 것이다.

정중하게 예법을 다하는 루인.

"부디 안녕히 가십시오. 1왕자님."

그런 루인의 예법에 오히려 더 기분이 나빠진 아라혼.

곧 그가 확 하고 돌아서며 베른헤네움을 빠져나갔다.

아라혼이 완전히 사라지는 모습을 확인한 루인이 냉정한 눈빛을 발했다.

"이제 나오시지요."

베른헤네움 내부를 잔잔히 공명하는 루인의 차가운 목소리.

홀의 깊숙한 커튼 속, 투기를 완벽하게 지워 낸 채 몸을 숨기고 있던 유카인이 잔뜩 동요한 눈빛으로 자신을 드러냈다.

"대공자님. 어떻게……?"

루인의 고저 없는 목소리.

"고생하셨습니다."

투기와 마나를 아무리 완벽하게 지워 낸들 루인의 이목은 피할 수 있는 것이 아니었다.

인간에게 영혼이 있는 이상, 마신 쟈이로벨은 반드시 그 향(香)을 맡을 수 있으니까.

"불쾌하셨다면 죄송합니다."

"아버지의 뜻이겠지요."

유카인 삼촌은 하이베른가의 친위 기사이자 아버지의 절친한 친우.

그가 아버지의 명령 없이 단독으로 임무를 결정할 사람이라면 루인은 반드시 엿들은 죄를 물었을 것이다.

"르마델 왕실을 상대하는 일이니까요. 가주님을 이해해 주십시오."

"이해하고 있습니다. 보고 들은 그대로 보고하시면 됩니다."

잠시 망설이던 유카인이 어렵게 입을 열었다.

"너무…… 위험했습니다."

르마델 왕국의 귀족을 자처하면서 왕족, 그것도 1왕자를 상대로 감히 반말이라니.

더욱이 그와 오간 말들도 지극히 위험하고 또 대범했다.

"필요한 일이었습니다. 파네옴 광산을 수습하여 본 가의 역량이 달라진다면 귀족들, 특히 렌시아 놈들의 이목은 피할 길이 없겠지요. 당분간만이라도 귀족들의 관심을 늦춰야 합니다."

"하지만……."

"또한 우리 하이베른가는 오랜 세월 귀족 사회와 동떨어져 기사의 순수만 고집했습니다. 지극히 현실적으로 말하자면 기수가의 명예 외에는 아무것도 없지요."

루인의 두 눈이 더없이 깊어진다.

"여타의 귀족들, 지방의 흔한 남작가들조차 왕실에 끈 하나씩은 다 쥐고 있습니다. 1왕자 아라혼은 하이베른가가 지녀야 할 최소한의 끈입니다."

"하지만 친구는 너무 나갔습니다."

묵묵히 고개를 끄덕이는 루인.

"예. 무모하고 급했지요. 인정합니다. 하지만 왕실에 아무런 영향력도 행사할 수 없는 지금의 가문을 언제까지 지켜만 보고 있을 순 없지 않습니까?"

하이베른가의 적나라한 현실 앞에 친위 기사 유카인은 더는 반론할 수 없었다.

칼날 같은 루인의 논리.

점차 그의 얼굴에 열망이 어리기 시작했다.

"……하이베른가의 대공자로 계속 남아 주실 순 없는 겁니까?"

루인은 말없이 햇살에 부서지는 샹들리에만을 바라볼 뿐이었다.

유카인이 멀어져 가자 루인 역시 발길을 옮기려던 차에 별안간 쟈이로벨의 영언(靈言)이 들려왔다.

-네놈이 과거에 대마도사가 된 이유를 이제야 좀 알 것 같군.

루인이 가늘게 미간을 좁혔다.

"또 실없는 소리를 하려거든 그만해. 진짜 시끄러워 죽겠군."

무슨 놈의 마신이 이렇게나 말이 많은지 평소에도 머릿속이 어지러워 미칠 지경이었다.

전생에도 느꼈지만 쟈이로벨은 전혀 마신답지 않았다. 마계의 흔해 빠진 마군들조차도 이놈보다는 진중할 것이다.

-보통의 인간들과는 확실히 달라.

또 그 마도(魔道)의 경지 타령인가.

인간을 얼마나 하찮게 보고 있으면 '종주의 기질'에 이른 자신의 마나를 매번 쟈이로벨은 놀라워했다.

루인은 인간을 열등하게 깔아 보는 쟈이로벨의 시선이 마음에 들지 않았다.

"인간은 네가 생각하는 것보다 훨씬 강하다."

과거.

'그'에 의해 펼쳐진 지옥 속에서도 루인은 분명 희망을 엿

보았다.

각자의 고고한 역사와 전통을 포기하며 한마음 한뜻으로 뭉친 각국의 마탑들.

절체절명의 위기 속에서 역사상 전례 없는 물량의 초인들이 탄생했으며, 인간들을 적대하던 이종족들까지 인류 진영에 합세했다.

적어도 베일에 감춰진 '그'의 실체가 드러나기 전까진 누가 보더라도 인류 진영의 압승이었다.

대륙 전체가 뭉쳤었으니까.

-너를 보니 그런 것 같기도 하군. 인간들 중에서 너 같은 놈들이 무수히 많다면 마계도 인간들을 다시 평가하게 되겠지.

쟈이로벨이 칭찬을?

쟈이로벨은 마신의 위계에 오른 마계의 군주들 중에서도 특유의 고고함과 자존심으로 명성이 드높았다.

그런 그가 다른 존재를, 그것도 인간을 인정했다는 것은 일종의 사건이라 할 수 있었다.

"내가 이룩한 마나가 네놈이 보기에 그렇게 특별한가?"

-나는 지금 네 마법의 경지를 논하는 것이 아니다.

내 마법의 경지가 아닌 다른 것?

루인은 그제야 호기심이 생겼는지 샤이로벨의 말을 경청하기 시작했다.

-마법을 때로는 마학(魔學)이라 부르기도 한다. 이유는 알고 있겠지?

진중하게 고개를 끄덕이는 루인.

"마법은 영원히 이어지는 불안의 굴레. 늘 불안정성과 변수를 확인해야 하고 상수라고 믿어 왔던 것들을 의심해야 한다. 그러므로 완벽(完璧)이란 있을 수 없으며 성과란 것도 존재하지 않는다."

단호한 루인의 대답에 샤이로벨은 그제야 확신했다.

루인은 정말로 자신의 모든 것을 이은 존재였다.

-옳다. 그것이 바로 마도의 광기. 그러므로 마법을 추구하는 자들은 경지가 높아질수록 더욱 편집증에 시달릴 수밖에 없다. 변수를 싫어하고 불안정성을 경계해 온 평생의 태도가 삶의 전반에서 묻어 나오는 거지.

점점 더 진중해지는 샤이로벨의 영언.

-처음엔 너 역시 전형적인 마법사라 생각했다. 거기에 시간을 거슬러 온 회귀자답게 철저히 자신의 행보를 설계하고 변수를 통제하더군. 때론 과감한 결단에 다소 놀랄 때도 있었지만 드러난 결과를 보니 인정할 수밖에 없었지.

회귀 후 루인의 연속적인 행보는 철저한 계산 아래 펼쳐진 것.

위기에 빠진 가문을 구하기 위해 아버지를 설득하고, 특권과 오만에 찌든 동생들을 갱생시키며, 가문의 뿌리 속까지 드리운 배덕자들을 솎아 냈다.

이 일련의 과정은 한 치의 군더더기조차 없어서, 마치 쟈이로벨은 잘 짜인 한 편의 희극을 보는 느낌마저 들었다.

-내 마음에 혼란이 싹트기 시작한 것은 네놈이 발카시어리어스 님을 소환했을 때부터였다.

루인이 물었다.

"어째서지?"

-태초의 어둠. 명백한 추측 불가의 존재. 그의 장난 같은 의지 하나에 이 인간계는 지옥으로 변할 수 있는 것. 그는 결코 인간 마법사 따위가 통제할 수 있는 변인(變因)이 아니었다.

-한데 넌 감히 그에게 조건을 걸며 협박했다. 마법사라면,

네놈이 진정 대마도사라면 결코 하지 않을 행동이지. 변수를 통제하지 못한 실패값은 절멸(絶滅). 그것도 명백히 높은 확률이었다.

쟈이로벨의 영언은 점점 떨리고 있었다.

-그만한 변인은 마신이라 불리는 이 쟈이로벨조차도 확신할 수 없다! 유일한 답은 네놈이…… 네놈이…… 발카시어리어스 님의 의지를 모두 읽을 수 있다는……!

쟈이로벨은 스스로 말하면서도 말문을 잇지 못하고 있었다.
인간이 태초의 어둠이라 불리는 존재의 의지를 읽을 수 있다?
그것이 얼마나 허황되고 허무한 말인지 누구보다 자신이 가장 잘 알고 있기 때문이었다.

-도대체 네놈은 그가 의지를 거두고 차원의 저편으로 되돌아갈 것이라 어떻게 확신한 거지? 그 확률을 정말 한없는 제로(0)로 봤단 말인가?

돌이켜 보면 루인의 모든 순간이 의심의 연속이었다.
루인이 스스로 심장을 찔렀던 순간.
자신이 엄청난 진마력을 희생하면서까지 부활시킬 것이라

고 루인은 어떻게 확신한 것인가?

초인을 상대로 자신까지 소환해 도발했던 때도 그랬다.

초인의 역량을 충분히 알면서도 어째서 도발한 것인가?

심지어 그때는 진마력이 바닥이라 다시 그를 되살릴 수도 없었다.

인간의 육체에 혼이 갇혀 있는 순간은 단 십여 분. 그사이에 부활시키지 못한다면 루인의 영혼은 이 인간계를 빠져나간다.

방금은 또 어땠는가?

루인의 언변이라면 충분히 1왕자 아라혼을 설득시킬 수 있었을 터.

그럼에도 왜 굳이 도발하여 1왕자가 검을 뽑는 변수를 자처하는가?

그가 만약 진짜로 왕가의 미친 망나니였다면?

샤이로벨로서는 루인의 모든 행동들이 전혀 마법사답지 않았다. 아니 지금까지의 행동만 본다면 루인은 결코 마법사가 아니었다.

-내가 영혼 속에서 지켜본 인간들의 수가 얼마나 될 것 같은가? 너는 지금까지 이 샤이로벨이 한 번도 경험하지 못한 유형의……

"뭔가 단단히 오해하고 있군."

-무슨……?

루인은 여느 때처럼 차갑게 웃고 있었다.

"네가 말한 대로 난 마법사다. 그러므로 지금까지 난 단 한 번도 변수를 상정한 적이 없어. 통제할 변인(變因) 따윈 애초부터 없었다고."

루인은 대마도사.

그가 이 세상에서 가장 싫어하는 단어가 바로 '확률'이었다.

루인이 변수를 얼마나 혐오하는지를 쟈이로벨은 아직 모르고 있었다.

-불가! 거짓말! 명백한 거짓말이다!

이 쟈이로벨이 고작 인간 하나를 되살리기 위해서 진마력을 희생할 확률이 백 퍼센트라고?

태초의 어둠, 마계의 절대적인 혼돈을 도발하고도 무사히 넘어갈 확률이 정말로 백 퍼센트라고?

티끌 같은 변수조차 꺼리는 것이 마법사!

놈이 진실로 마법사라면 결코 이만한 변인들을 무시할 수 없을 것이다.

왜? 변인는 다름 아닌 감정이니까.

그것도 마계의 위대한 존재들의.

피식.

"발카시어리어스는 말이지. 억겁 동안 존재력의 본질을 추구해 왔지. 자신이 어떻게 존재할 수 있었는지를 알 수 있다면 소멸도 마다하지 않을 놈이야. 그게 발카시어리어스다."

전 마계의 지배자이자 태초의 어둠이라 불리는 그에게 조차 영원히 따라다닌 콤플렉스가 있었다.

바로 자신의 탄생을 증명할 수 없었던 것.

그는 자신이 어떻게 존재하게 된 것인가에 대한 해답을 구하지 못해 억겁 동안 고통받고 있었다.

"내가 그 비밀을 해결해 준 존재라고 떠벌인 이상 놈은 절대로 날 죽일 수 없어. 인간계의 소멸? 하하! 그런 것이 가능할 리가 없지!"

한 치의 의심도 없는, 그야말로 광기에 찬 루인의 두 눈.

"그리고 마신 쟈이로벨은 말이지. 일부 마족들이 자신을 '날개 뜯긴 군주'라 부르며 수군거린다는 걸 잘 알고 있거든. 그런 놈이 자신 앞에서 대마신 므드라를 칭송하는 인간의 죽음을 허락한다?"

……

"그건 있을 수 없는 일이라고. 쟈이로벨이라면 반드시 되살려 자신의 방식대로 고통을 주려고 할 게 분명해. 너무나 뻔해서 확률을 상정할 필요조차 없지. 변수? 풋!"

-너, 너 이 새끼……!

말문을 잇지 못하고 한참 동안 분노하던 쟈이로벨이 겨우 마음을 진정시키며 다시 영언을 이어 나갔다.

-후…… 좋다. 그것은 시간을 거스른 회귀자의 특성이라고 치지. 하지만 초인과 1왕자는? 초인이 펼칠 무형의 검들을, 돌진해 올 1왕자의 예검을 정말로 변수로 상정하지 않았나?

회귀자의 특성상, 발카시어리어스나 쟈이로벨의 성격과 특성을 미리 경험했기에 어렵지 않게 대처할 순 있을 것이다.

하지만 초인과 1왕자는 루인이 경험하지 못한 자들.

어떻게 반응해 올지 예측할 수 없는 자들을 상대로 위험한 도박을 감행한다는 건 결코 마법사답지 않았다.

"뭐 그 정도 일에 거창한 변수를 따질 가치가 있나?"

-뭐?

"마신을 실물로 본 인간이 두려움을 온전히 떨칠 수 없는 건 상식이지. 게다가 왕세자가 되지 못한 1왕자 놈에게 하이베른가의 후원을 언급한 이상 욕망을 떨칠 수 없는 것 또한 입만 아프고. 이건 뭐 거창하게 확률 운운할 필요도 없는 통찰의 범위다."

쟈이로벨은 욕을 내뱉을 뻔했다가 겨우 참아 냈다.

변수를 상정하지 않는 최악의 결과는 다름 아닌 그 자신의 생명이었다.

마법을 회복하지 못한 지금의 루인은 초인의 검을 막아 내지 못한다.

고작 1왕자의 예검을 막기 위해 또다시 생명력을 희생해 가며 혈주투계를 운용하는 것 또한 멍청하기 짝이 없는 짓.

그만한 리스크가 뻔히 존재함에도 자신의 통찰력 하나만을 믿고 도박을 일삼는다는 건 지극한 비합리였다.

-이제 보니 네놈은 마법사가 아니라 도박사였군.

쟈이로벨의 비웃음에도 루인은 동요하지 않았다.

오히려 그의 두 눈에는 회한이 어려 있었다.

"그럴지도."

지옥 같은 지난 생.

한순간도 도박이 아닌 적이 없었다.

지난날 자신의 모든 선택은 합리에 의한 것이 아니라 희망에 의한 결정이었다.

지금 이 순간, 이 자리에 서 있는 것도 그런 희망을 꿈꾼 자의 발버둥.

"네가 날 마법사답지 못하다고 모욕하는 건 상관없어. 너니까. 쟈이로벨이니까. 하지만 과거의 너라면, 수만 년 동안 나와 함께 생각을 공유해 온 그때의 너라면 과연 지금의 날 마법사답지 못하다고 욕할 수 있을까."

-바, 방금 뭐라고 했느냐?

루인은 분명 지난 생을 이백여 년 남짓이라고 했었다.

그런데 뭐?

수만 년 동안 생각을 공유했다고?

"우리의 영혼이 공허 속에서 부유한 세월은 솔직히 나도 가늠할 수 없어. 하지만 넌 분명 그때 그렇게 말했지. 적어도 내 생애보다는 긴 시간이라고. 그럼 그 정도 시간은 되지 않겠어?"

쟈이로벨은 경악했다.

루인이 말한 장소가 어떤 곳인지 너무나도 잘 알고 있었기 때문이다.

공허(空虛).

별도 성운도 빛도 암흑도 없는, 말 그대로 철저한 무(無)의 공간.

우주에 존재하는 모든 영혼들에게 두려운 장소이자, 신조차 함부로 접근할 수 없는 곳.

-도대체 어떤 존재가 우릴 차원의 경계 바깥으로 추방했단 말이냐!

루인이 쓰게 웃는다.

"내가 수없이 부활하자 놈은 할 수 있는 최선의 방법을 선택한 거지."

쟈이로벨은 루인이 말한 '놈'이 누구인지 곧바로 알아차렸다.

-인간이? 그게 가능할 리가······!

"어. 인간인데 그놈은 가능해."

루인의 눈시울이 점점 붉어졌다.

"지금의 내 모든 행동과 계획은 그 지옥 같은 공허 속에서 수도 없이 반복한 철저한 마인딩의 결과값이다."

-······

"더구나 발카시어리어스를 소환하여 존재력의 본질을 운

운해 원하는 답을 얻는 계획은 다름 아닌 네가 알려 준 계책이지."

순간, 쟈이로벨은 식어 버린 자신의 오드를 떠올렸다.

-혹시 네놈이 공허에서 돌아온 것은······!

뿌득.

이를 악문 루인.

"그래 쟈이로벨. 지금 이 시간, 이곳은 네 소멸을 짊어지고 도착한 곳. 그것이 내가 지금의 삶을 결코 허투루 보낼 수 없는 이유다."

과거의 자신이 무엇을 어떻게 했는지는 알 수 없었다.

다만 쟈이로벨은 자신이 인간을 위해 희생했다는 사실이 믿기지 않았다.

◆ ◇ ◆

쟈이로벨.

그가 영혼의 붕괴를 각오하는 최후의 마법을 시전하기 바로 직전.

-쟈이로벨.

-왜 그러느냐? 중요한 순간이다.

-고맙다곤 하지 않을게.

-미친놈.

점점 으스러져 가는 영혼.

고통에 몸부림치던 쟈이로벨이 힘겹게 영언한다.

-끄으…… 부탁이 있다.

-말해.

-성공한다면 내 이런 최후를…… 굳이 과거의 나에게 말하

진 말아 다오.

-…….

루인은 당시 대답하지 않았다.

이렇게 모두 말하게 되리란 걸 이미 알고 있었으니까.

역시 지금의 쟈이로벨은 참지 못했다.

-크아아아아! 감히! 감히!

냉정했던 건 잠시뿐.

자신이 인간을 위해 희생했다는 것도, 인간에 의해 소멸에

이르렀다는 것도 그는 모두 인정하지 못했다.

'쟈이로벨……'

과거에도 지금도 쟈이로벨은 루인이 지닌 최강의 패.

그의 전폭적인 협력이 그만큼 루인에게는 절실한 것이었다.

'그'를 향한 적개심은 쟈이로벨의 협력을 끌어낼 가장 효과적인 수단.

지금까지 불멸의 마신으로 살아왔기에 인간이 자신을 소멸시켰다는 사실은 그의 고고한 자아에 치명적이었다.

-그 인간 놈은 지금 어디에 있느냐!

"몰라."

최후의 최후에 이르러서야 놈은 실체를 드러냈다.

자신의 능력이 완연히 무르익을 때까지 그는 완벽에 가깝게 신분을 위장했다.

현재의 그가 어떤 인물로 살아가고 있는지는 그야말로 미지(未知).

왕족, 혹은 귀족, 그것도 아니면 평민, 심지어 이종족으로 위장하고 있을 수도 있다.

-당장 놈을 찾아라! 강제로 결계를 부수고 내 본체를 소환시켜서라도 놈을 파멸로 이끌 것이다!

루인이 씁쓸하게 웃었다.

과거, 실제로 쟈이로벨은 '존재들의 맹약'을 무시하고 차원의 결계를 깼다.

그렇게 당당히 본체를 소환해서 '그'와 맞섰으나 처참하게 패배했다.

루인은 굳이 그 사실까지는 말하지 않았다.

"약속한다 쟈이로벨."

루인은 마치 내면의 모든 감정을 씹어뱉는 듯한 목소리로 잔혹하게 웃었다.

"……네 영혼을 소멸시킨 놈을 반드시 찾겠다. 놈에 의해 죽어 간 무수한 영혼들의 절규가, 허무의 차원에 빨려 들어간 친구들의 넋이 함께 놈을 가리킬 것이다."

순간 쟈이로벨은 광기를 멈추었다.

그만큼 루인의 맹세는 너무나도 섬뜩해서 마신인 자신마저 숨이 멎을 정도였다.

그제야 쟈이로벨은 자신이 어떤 인간을 마주하고 있는지를 절절히 깨달았다.

수만 년의 증오를 영혼에 새긴 인간.

인간의 역사에서 과연 그런 존재가 있었던가?

그런 루인의 영격(靈格)은 마신인 자신과 동등했다. 아니 어쩌면 그 이상이었다.

그때.

끼이이이익-

베른헤네움, 거대한 홀의 정적을 깨는 소리가 들려온다.

눈부신 햇살과 함께 들어선 이는 바로 데인이었다.

"형님."

물끄러미 자신을 바라보고 있는 형.

데인은 숨조차 쉴 수 없었다.

가문의 무수한 강자들에 둘러싸여 평생을 살아온 데인조차도 치미는 두려움을 떨쳐 낼 수 없을 정도로 섬뜩한 표정.

지난 시간 동안 형과 꽤 가까워졌다고 생각했지만 그건 완전한 오판이었다.

사람이, 인간이 어떻게 저런 잔혹한 감정을 얼굴에 드러낼 수 있는 거지?

"아버지의 호출인가."

"……."

마치 모두 알고 있다는 듯한 형의 표정에서 데인은 말할 수 없는 막막함을 느꼈다.

왕국의 대가문, 이 위대한 검술 명가 하이베른조차도 형에 겐 작아 보였다.

새삼 깨닫는 데인.

애초부터 형에겐 하이베른가의 대공자 신분 따윈 거추장스러운 외피였을지도 몰랐다.

"형님과의 독대 후 1왕자께서 갑자기 수도 왕성으로 되돌아갔습니다."

왕족, 그것도 르마델의 1왕자가 하루도 묵지 않고 떠났다
는 것은 난감한 일.

거창한 예식과 환대를 준비해 온 가문의 혈족들은 분명 독
대 자리에서 무슨 일이 벌어졌는지를 따져 물으며 호들갑을
떨 것이다.

"현자 일행은? 그들도 마탑으로 되돌아간 것이냐?"

"아닙니다. 형님을 만나겠다며 지금 아버지와 함께 계십니다."

한 차례 고개를 끄덕이던 루인이 발길을 옮겼다.

"가자."

베른헤네움이 다시 고요로 잦아들었다.

루인이 데인과 함께 가주실에 등장하자 모두의 시선이 그
들에게 모였다.

위압적인 눈빛으로 한참 동안 루인을 바라보던 카젠이 무
겁게 입을 열었다.

"1왕자님께 도대체 무슨 말을 한 것이냐."

루인이 대답 대신 친위 기사 유카인을 응시했다. 루인의
시선을 받은 그는 가늘게 고개를 가로젓고 있었다.

루인은 현자 일행 때문에 아직 그가 아버지께 제대로 보고

를 하지 못했다는 사실을 곧바로 알아차렸다.

곧 루인이 원탁에 앉았다.

"우리 영지의 사정을 상세하게 말씀드렸고 왕실에서는 파네옴 광산의 운영을 허락하였습니다. 저 역시 영지가 안정되는 대로 운영권을 반납하겠다는 약속을 하였으며 이 역시 무리 없이 받아들이셨습니다."

남의 일처럼 건조하게 말하는 루인의 태도에서 카젠은 이질감을 느꼈다.

"그게 전부는 아닌 것 같은데."

"그 외에는 개인적인 일이라 말씀드리기 곤란합니다."

"개인적?"

카젠의 눈썹이 꿈틀거린다.

대공자의 예복을 입고 1왕자와 독대를 한 이상 그와 오간 말들은 모두 공적인 것.

카젠은 루인이 뭔가를 숨기고 있다는 것을 알아차렸다.

"가문의 원로들께서는 1왕자님이 갑자기 돌아가신 것을 우려하고 있다. 혹여라도 불미스러운 일이 있었다면 이 자리에서 미리 말하거라."

"전혀요. 불미스러운 일은 없었습니다. 뭐 제 개인적인 사담이 있었다고 해도 어차피 곧 알게 되실 것이 아닙니까?"

이 와중에도 루인은 자신을 믿지 못해 유카인을 따라 붙인 것을 따져 묻고 있다.

카젠은 괘씸했지만 루인의 묘한 눈짓 때문에 굳이 더 캐묻지는 않았다.

그의 눈이 현자 일행을 향해 있었기 때문.

분위기가 험악해지자 오히려 현자 에기오스가 환기에 나섰다.

"1왕자님께서는 활달함 속에 깊은 속을 감추신 분입니다. 급히 왕성으로 되돌아가셨다면 다 그만한 이유가 있을 것입니다. 크게 심려하지 않으셔도 될 것 같습니다. 그보다……."

문득 에기오스가 루인을 향해 천천히 일어났다.

"가주님께서는 기적이라 말씀하셨습니다. 과연 이렇게 직접 대공자님을 뵈오니 기적이라 말하지 않을 수가 없군요. 대공자님의 쾌유를 경하드립니다."

목례로 축복하는 에기오스.

루인 역시 마주 웃으며 대공자의 예를 다했다.

"이유 없이 찾아오는 기적은 존재하지 않지요. 마탑의 지혜가 저희 가문을 외면하지 않았기에 가능했던 일입니다."

에기오스가 말없이 루인을 바라보며 빙그레 웃고 있었다.

루인을 옭아매던 그 참혹했던 저주가 정말로 말끔히 사라진 것이 확실했다.

비록 아직 수척하긴 했으나 서서히 생명력이 말라 가는 저주의 흔적은 어디에서도 찾아볼 수 없었다.

다시 카젠을 바라보는 에기오스.

"왕국의 기수이시여. 마탑의 할 일이 남아 있지 않다면 저희도 이만 길을 나설까 합니다. 저희가 아무리 하이베른가의 기사도를 흠모한다고 해도 1왕자님께서 떠난 마당에 그분을 따라잡지 않을 수가 없지요."

"허 참."

왕실의 사절이 도착한 지 반나절도 채 지나지 않아 1왕자와 현자 일행이 모두 떠나간다니.

하지만 카젠에게는 1왕자를 따라나서야 한다는 에기오스를 말릴 명분이 없었다.

그때.

"잠시, 에기오스 님."

갑작스런 루인의 부름.

진중한 그의 표정에 에기오스가 예의 부드럽게 웃었다.

"대공자께서는 제게 따로 하실 말씀이라도 있으신지."

루인은 현자 일행이 가문으로 향하고 있다는 소식을 들은 순간부터 계획해 온 말을 꺼냈다.

"하이베른가의 루인. 왕실 마탑의 현명한 가르침을 청합니다."

"예……?"

에기오스는 순간적으로 자신을 시험하는 것인가 생각이 들 정도로 멍해졌다.

이곳은 왕국의 기수, 사자의 검가, 위대한 검술 명가 하이베른이다.

그런 엄청난 검술 가문의 대공자가 설마 마법을 배우고자 한단 말인가?

"너……!"

카젠이 억센 수염을 부르르 떨며 분노하고 있었다.

하지만 물빛처럼 투명한 루인의 두 눈을 바라보다 결국 그는 한숨을 내쉬고 말았다.

저 치밀하고 대범한 아들놈이 스스로의 다짐을 입 밖으로 꺼냈을 땐 이미 얘기는 끝난 것이었다.

설사 놈의 목에 검을 들이민다고 해도 그 의지를 꺾을 수가 없으리라.

"그 말씀은 설마…… 대공자님께서 저희 마탑의 마법을 배우겠다는 말씀이십니까?"

"그렇습니다."

"허허."

루인의 요청은 단순한 소년의 호기심으로 치부될 사안이 아니었다.

그는 다름 아닌 하이베른가의 대공자.

또한 왕국의 기수가 함께 있는 자리.

결국 에기오스는 말없이 카젠을 응시했다.

이건 자신의 선에서 판단할 수 있는 일이 아니었다.

이 거대한 검술 명가의 정체성과 직결된 사안.

하이베른가의 후계자가 마법을 배우겠다는 사실은 르마델 왕국의 커다란 화제라 할 수 있었다.

카젠의 강렬한 눈빛이 루인을 향했다.

"뜻을 접진 않겠지?"

"잘 아시면서 왜 묻는지요."

"한 번 물어보는 것도 안 되느냐?"

쾌씸한 루인의 반응에 혀를 끌끌 차던 카젠은 하는 수 없이 에기오스에게 요청했다. 왠지 힘이 빠진 듯한 모습이었다.

"그의 뜻대로 해 주시오. 에기오스."

"허……?"

설마 하이베른가의 가주의 입에서 허락이 떨어질지는 생각도 하지 못한 에기오스.

그렇게 난처해하던 에기오스의 다급한 목소리가 흘러나왔다.

"가주님! 마법사의 세계는 귀족 사회와는 전혀 다른 방식으로 돌아갑니다. 대공자님께서 마법에 입문하는 순간 그 즉시……."

루인이 에기오스의 말을 잘랐다.

"마법사들의 철저한 신분 질서를 저 역시 모르지 않습니다. 오로지 마법의 경지로만 구분되는 위계 체계. 마탑에 제 가문의 위세를 내세울 생각은 애초에 없었습니다."

"하지만 대공자님."

말이야 쉽다.

하지만 루인의 배경을 알게 되면 어떤 마법사가 함부로 대할 수 있겠는가?

왕국의 대 공작가, 그것도 기수가다.

그는 천 년 이상 왕국의 기사도를 짊어져 온 명예로운 하이베른가의 후계자.

마탑이 받아들이기에는 그는 너무나 부담스러운 배경을 지니고 있었다.

"하나 저희에게도 원칙이란 것이 있습니다. 대공자께서는 이미 사자의 투기를 담으셨습니다. 불가능한 것은 아니지만 기사가 마나를 받아들인다는 건 지극히 어려운 일입니다. 마나에 속하지 않은 자를 마법사로 키울 순 없습니다."

그때.

츠츠츠츠츠-

현자 에기오스는 갑작스럽게 소환된 루인의 오드를 바라보며 멍해졌다.

말로 형용할 수 없는 기운을 뿌리며 허공을 부유하고 있는 마법구.

영롱한 빛을 내며 쉼 없이 도도하게 회전하고 있는 그 모습에 에기오스는 아무런 말도 할 수 없었다.

이어 정신을 차린 그가 황급히 마법구를 살피기 시작했다.

대체 어떤 술식이 치환된 건지 끊임없이 마나회로를 살폈지만 결과는 놀라웠다.

'도대체가……?'

자신이 아는 어떤 마법적 지식으로도 루인이 소환한 마법구를 파악하지 못한 것이었다.

"대, 대공자님! 이게 도대체 무슨 마법……!"

그 순간 드러나는 두 개의 고리.

위이이잉-

지이이잉-

현자 에기오스의 두 눈이 휘둥그레 떠졌다.

"설마!"

루인이 무심하게 고개를 끄덕였다.

"예. 제 마나홀입니다. 현재 2위계죠."

마나홀(Mana hole).

마나의 역동과 인간을 잇는 가장 자연스러운 형태의 매개.

마법사의 역량과 가치를 평가할 때 무엇보다 중요시되는 잣대이며 마법사 그 자체를 상징하는 마법기관.

하나 인간이 마나의 고리를 심장 외의 다른 곳에 맺을 수 있다?

길고 긴 마법의 역사.

에기오스의 뇌리에 무수히 많은 전설과 위업들이 스쳤으나 그런 일은 백여 년을 살아온 그에게도 금시초문인 일이었다.

물론 그 충격은 그를 따라온 다른 마법사들에게도 마찬가지였다.

"에기오스 님! 이건 말도 안 됩니다!"

"어떻게 이런 일이!"

"진정…… 진정들 하시게."

현자 일행의 얼굴에는 놀라움과 함께 호기심이 어려 있었다.

마탑 최고위 반열의 마법사들.

그들은 지혜와 깨달음, 앎을 추구하는 마법사들의 본질에 누구보다도 가까운 사람들이었다.

에기오스가 수차례나 호흡을 가다듬으며 떨리는 입술을 달싹였다.

"……루인 대공자님. 대체 이게 어떻게 된 일인지 제게 모두 설명해 줄 수 있으십니까?"

담담한 루인의 대답.

"생명력이 말라 가며 죽어 갈 때 마나를 깨달았습니다. 이 힘 때문에 살아날 수 있었지요."

에기오스의 동공이 급격히 확장되었다.

"스스로 마나의 고리를 이루셨단 말씀이십니까?"

"그렇습니다."

"아니! 그게 무슨!"

참지 못한 마법사 하나가 벌떡 일어났다.

루인은 명백히 거짓말을 하고 있었다. 그만큼 그의 말은 마법의 체계를 부정하는 말이었다.

그때 카젠이 끼어들었다.

"저 녀석은 혈류 마나석의 어떤 알 수 없는 작용에 의해 마나의 힘을 깨달았다고 했소. 나 역시 그리 짐작하고 있소만. 저것이 그렇게 대단한 것이오?"

"아……!"

"음…….."

마법사들이 동시에 탄성을 내질렀다.

대대로 내려오는 저주를 대비하기 위해 준비된 하이베른 가의 마력 도식.

지금도 현자 일행은 그 도식을 처음 본 순간을 잊을 수 없었다.

고대의 문헌들을 모조리 뒤져 봐도 그와 비슷한 흔적조차 발견할 수 없는 미지의 마력회로.

대체 어떤 기전으로 회로가 진행되는지, 그 미묘한 파동들은 무엇인지, 어떤 힘으로 치환되는지 아무것도 알 수 없었다.

마법적 해석은커녕 그저 그려진 마력 도식대로 완성하는 데만 삼 년이 걸렸다.

그것도 마탑의 모든 지혜가 모인 결과였다.

"대공자님의 말씀은…… 기사로 예를 들자면 마치 검을 쥐어 본 적도 없는 이가 스스로 스피릿 오러를 발휘했다는 말과 동일한 것입니다. 가주님."

"그 정도란 말이오?"

무겁게 고개를 끄덕이는 에기오스.

"마법사의 자질을 논할 때 저희는 마나 친화력을 잣대로 삽습니다. 단지 마나를 남들보다 쉽게 느끼고 받아들이는 기질만 뛰어나도 천재적인 재능이라 부르지요. 마나 친화력의 정도에 따라 마법사의 운명이 갈리는 편입니다."

"음."

카젠이 침중하게 고개를 끄덕였다.

과연 기사의 자질과 재능도 그와 비슷했다.

근골이 뛰어나고 투기에 민감한 체질만 타고나도 절반은 성공인 셈.

거기에 타고난 심성과 근성이 뒷받침되고, 비로소 뛰어난 스승 만났을 때 한 명의 뛰어난 기사가 완성된다.

"한데 친화력을 넘어 마나의 고리를, 그것도 2위계를 스스로 이룩했다는 것은 저희 세계에서 전례를 찾을 수 없는 일입니다. 더구나……."

"더구나?"

에기오스가 마른침을 꿀꺽 삼킨다.

"가주님께서는 마나홀을 다른 말로 마나하트(Mana heart)라고 부른다는 걸 알고 계십니까?"

"들어 보았소."

"심장(heart)에 고리를 맺는 건 마법사들에게 정해진 이치입니다. 그것은 '위대한 존재'도 비껴갈 수 없는 마법의 섭리와 같은 것입니다."

대륙에 널리 알려진 드래곤 하트의 전설을 카젠이 모를 리 없었다.

취하는 즉시 초인의 반열에 들 수 있는 전설의 보물이었다.

카젠의 굵은 눈썹이 꿈틀거렸다.

"하면 내 아들이 섭리를 벗어난 인간이란 말이오?"

"그, 그런 것이 아니오라……."

"그대는 가부만 결정하면 될 것이외다."

난처한 에기오스.

분명 대공자 루인은 자신들에게 뭔가를 숨기고 있는 것이 틀림없었다.

그만큼 홀로 마나의 고리를 이루었다는 것은 마법의 체계를 부정하는 말.

더욱이 외부에 마나홀을 소환하는 불길한 이능(異能)이라니.

분명 전례 없는 재능이라고도 할 수 있겠으나, 자신이 알지 못하는 미지(未知)를 섣불리 받아들일 수는 없었다.

그때 루인의 담담한 음성이 다시 들려왔다.

"전 평생을 누운 채로 말라 가는 육신과 싸워 온 몸입니다. 당연히 어떤 마법서도 본 적이 없지요. 이를 증명해 줄 사람은 아마도 저를 아는 가문의 혈족들이 전부일 것입니다."

"……."

거동조차 불가능한 상태로 간신히 생명만을 유지해 온 루인.

그 사실은 그의 몸에 혈류 마나석을 재현한 현자들이 누구보다 잘 알고 있었다.

더구나 이 위대한 기사의 가문에서 마법을 익힌다는 자체부터가 모순.

하지만 일의 앞뒤가 너무나 완벽하게 깔끔했다.

그 점이 내내 에기오스의 불안을 불러일으켰다.

그렇게 에기오스가 복잡한 상념으로 고심하고 있을 때 다시 루인의 무심한 목소리가 흘러나왔다.

"에기오스 님의 뜻은 곧 마탑의 의지. 제 요청이 마탑을 곤란하게 만든다면 어쩔 수 없는 노릇이지요. 아쉽지만 없었던 일로 하겠습니다."

"예……?"

황당해하는 에기오스.

이를 지켜보던 카젠 역시 두 눈을 휘둥그레 뜨고 있었다.

마탑에 입성하기 위해 스스로 마법의 비밀까지 내보인 녀석이 이렇게 쉽게 물러난다고?

카젠은 이해가 되지 않았다.

루인은 목적을 위해서라면 제 동생들의 자존감 따위는 시궁창에 던져 버리는 녀석이었다.

취하고자 했던 것을 이렇게 쉽게 포기하는 모습은 그동안 보여 줬던 녀석의 면모와는 너무나도 어울리지 않았다.

과연 카젠은 볼 수 있었다.

자신을 바라보는 루인의 두 눈이 웃고 있음을.

"루, 루인 님은 기, 기수가의 대공자이십니다. 당연히 저로서는 생각할 시간이…….."

"아닙니다. 없었던 일로 하겠습니다."

루인이 허공에 소환했던 마나홀을 거두었다.

그리고는 한 치의 미련 없는 냉정한 표정으로 카젠을 향해 예를 갖추었다.

"더 하실 말씀이 없으시다면 이만 데인과 함께 물러가 보도록 하겠습니다."

카젠이 묵묵히 고개를 끄덕였다.

그렇게 루인이 데인과 함께 가주실 밖으로 나가 버리자 이제는 오히려 현자 에기오스가 다급하게 굴었다.

"고, 곰곰이 생각해 보니 저희가 하이베른가의 호의를 너무 배려하지 않은 듯합니다."

카젠이 씁쓸하게 웃었다.

"1왕자님을 따라 나서지 않아도 괜찮겠소?"

"그건…… 아, 아무래도 저희에게 따로 언질도 없이 가셨으니 혼자가 편하신 듯한 모양입니다. 르마넬 왕실 최고의 호위대까지 함께하고 있으니 큰일이야 생기겠습니까?"

카젠은 오히려 잘된 일이라고 생각했다.

현자 일행만이라도 떠나지 않는다면 원로들의 우려를 조금은 덜어 낼 수 있을 것이다.

"본 가의 체면을 생각해 줘서 고맙소. 정원에서 환영연을 준비하고 있으니 함께 그곳으로 가겠소?"

"영광입니다. 가주님."

흡족하게 웃으며 자리에서 일어나던 카젠이 문득 미간을 좁혔다.

'설마 루인 녀석은 현자 일행의 이런 반응까지도 예상하고 있었단 말인가?'

그 짧은 순간에 기지를 발휘해 원로들의 우려까지 말끔히 해결해 주다니.

카젠이 하인들의 안내를 받아 정원으로 향하는 현자 일행을 무심히 바라봤다.

르마델 왕국의 최고 지성 집단이라는 마탑의 일원들.

하지만 카젠은 그들이 낚싯대에 걸린 물고기 신세라는 것을 모르지 않았다.

'허허…… 도대체 너란 녀석은.'

Chapter. 9

　왕실 사절단을 위한 환영연이 끝난 지도 벌써 일주일.

　데인이 갖은 핑계로 현자들을 만나 주지 않고 있는 루인에게 우려를 표했다.

　"형님. 벌써 아홉 번째 접견 거부입니다."

　하이베른가가 아무리 왕국의 기수가라 할지라도 상대 역시 르마델 왕국의 마탑, 그중에서도 최고위 신분의 현자.

　루인이 천천히 고개를 끄덕인다.

　"그래. 슬슬 모멸감을 느낄 시간이지."

　"예?"

　그런 형의 반응이 이해되지 않는다는 듯 황당한 얼굴로 굳어 버린 데인.

"상대는 국왕께서 친히 아끼시는 현자입니다. 그런 분을 굳이 왜 이렇게까지……."

루인은 그런 데인이 귀엽다는 듯 머리를 헝클었다.

"현자의 자아는 완고하다. 지혜 역시 뛰어나지. 평생을 왕실에서 치열하게 살았으니 지략과 협상에도 능할 것이다."

데인이 고개를 끄덕였다.

왕국 최고의 지성이라는 현자 에기오스의 명성은 자신이 태어나기도 전부터 이미 자자했다.

"나는 그런 뛰어난 자에게 반드시 얻어야만 하는 것이 있다. 쉽지 않은 일이야."

"마탑……."

데인은 그런 형님을 도저히 이해할 수 없었다.

마법 역시 검술 못지않은 위력을 발휘한다는 것을 모르지 않았다.

허나 형님은 왕국 최고라 일컬어지는 검술 가문의 후계자.

위대한 선조로부터 안배된 길을 거부하면서까지 굳이 마법의 길을 걷겠다는 그의 의지가 납득되지 않았다.

"꼭 마법이어야 합니까?"

"반드시."

하지만 저 눈빛.

감히 바라보는 것조차 힘든 저 올곧음, 그 뜨겁고도 강렬한 그의 의지에 매번 할 말을 잃어버렸다.

그때.

하인 에서턴이 난처한 표정으로 루인의 방에 도착했다.

곧 그가 공손히 허리를 숙였다.

"대공자님."

루인이 안절부절못하고 있는 에서턴을 무심히 쳐다봤다.

"무슨 일이지?"

"대공자님, 그게……."

"기다리겠다더냐?"

"그, 그렇습니다 대공자님. 제가 분명히 목욕을 끝마치고 낮잠을 청하셨다고 말씀드렸는데도……."

드디어 현자 에기오스의 인내심에도 한계가 찾아왔다.

루인은 때가 되었음을 인지했다.

"그리고 대공자님. 가주님께서……."

화들짝 놀라 창밖을 살피던 데인이 크게 소리쳤다.

"형님! 아버지도 함께 계십니다!"

씨익.

"노인네가 이성을 잃었군."

고작 제 궁금증을 해소하기 위해 하이베른가의 가주까지 동원하다니.

하지만 아버지에게 현자 에기오스는 아들의 목숨을 살려 준 은인.

아버지는 그런 자의 부탁을 차마 거절할 순 없었을 것이다.

결국 루인은 별장 밖으로 나올 수밖에 없었다.

"가주님을 뵙습니다."

카젠은 자신까지 번거롭게 만든 루인이 괘씸했다.

하지만 예복을 말끔하게 차려입고 나온 루인이 정중하게 예를 갖추자 어느덧 기분이 좋아졌다.

"몸이 많이 좋아졌구나."

"염려해 주신 덕분입니다."

혈주신으로 탈바꿈된 루인의 육체는 날이 갈수록 놀라운 회복력을 보여 주고 있었다.

이제 해골을 연상시키던 과거의 모습은 찾아볼 수 없었다. 더 이상 수척하거나 병약해 보이지도 않았다.

환담이 끝나자 카젠이 얼굴을 굳히며 본론을 꺼냈다.

"어째서 에기오스 님의 접견 요청을 계속 거부하느냐."

"정무에 바빠서 시간을 낼 수 없었습니다."

루인의 천연덕스러운 대답에 현자 에기오스의 눈썹이 꿈틀거렸다.

지금까지 루인은 단 한 번도 정무를 핑계로 대지 않았다.

독서, 수련, 혹은 식사, 심지어 오늘은 목욕과 낮잠이었다.

처음에 몇 번은 사심 없이 믿었다.

하지만 이제는 그가 자신의 냉정을 흔들기 위해 일부러 하찮은 핑계들을 대고 있다는 것을 모르지 않았다.

그때.

츠츠츠츠츠츠-

갑작스레 허공에 소환된 오드.

루인이 싱긋 웃으며 에기오스를 바라본다.

"그래, 현자님께서는 무엇이 더 얼마나 궁금하신 건지?"

영롱한 빛을 내며 쉴 없이 도도하게 회전하고 있는 루인의 마나홀.

멍하니 그 광경을 쳐다보던 에기오스는 자신이 완벽한 약자라는 것을 자각할 수밖에 없었다.

루인의 부례한 행동에 여러 따질 말을 준비해 온 에기오스.

하지만 오묘한 파동과 함께 신비한 빛깔로 둥실거리는 루인의 마나홀을 보는 순간 그간의 상념이 모조리 흩어져 버렸다.

금방 머릿속에 자리 잡은 감정은 미지에 대한 짙은 갈망.

지금까지 대공가에서 지내면서도 단 한 순간도 잊은 적이 없는 의문이자 신비.

하지만 에기오스는 필사적으로 입술을 깨물었다.

그렇게 그는 루인의 마법에 매료된 감정을 간신히 덜어 내고 힘겹게 입을 열었다.

"제가 살펴봐도 되겠습니까?"

"그리하시지요."

허락이 떨어지기가 무섭게 에기오스는 급히 마력을 끌어올리더니 이내 전면으로 확장했다.

상대의 마나와 감응하여 그 기질을 살피는 마법, 스캐닝(Scanning).

이 순간을 얼마나 기다렸던가!

일주일 전에는 경황이 없어서 하지 못했다.

이렇게 기회가 주어진 이상 자신의 모든 역량을 동원해 살펴야만 했다.

두 개의 고리, 마나 서클로부터 전해지는 모든 파동을 세세히 감응시킨다.

느껴지는 순수한 마나의 정기.

'허! 정말 이게 마나홀이란 말인가?'

이건 일루전(illusion)이나 환영 마법 따위 같은 눈속임이 아니었다.

의심할 여지를 주지 않는 진짜 마나홀!

그러나 더한 충격은 그 다음이었다.

'무, 무슨 마나의 순도(純度)가!'

농밀한 마나의 결정, 그 아득한 순수에 에기오스는 할 말을 잃고 말았다.

인간의 언어로는 그 순수함을 형용조차 불가능하다.

루인의 마나에 담긴 정수, 그 미지의 근원은 자신이 아는 그 어떤 지식으로도 해석할 수 없었다.

게다가 마나의 절대량 역시 결코 2서클의 그것이 아니었다.

적어도 5서클과 맞먹는, 아니 어쩌면 그 이상일지도 몰랐다.

그렇게 온갖 놀라운 표정으로 루인의 마나홀을 살피던 에기오스.

그런 그가 갑자기 기절할 듯이 비틀거렸다.

"아, 아니!"

에기오스가 황급히 마력을 회수하고 마법을 거두었다.

마나의 성질을 더욱 심도 있게 살피기 위해 스캐닝을 멈추고 마력 동화(魔力同化)를 시도하던 그 순간.

갑자기 반탄력과 함께 자신의 마력이 튕겨 나와 버린 것.

대공자가 무슨 마법이라도 펼친 것 같아 황급히 술식의 잔재를 살폈으나 아무런 흔적도 발견할 수 없었다.

'이건……!'

잡스런 침범을 거부한다.

그것은 마나가 의지를 지니고 있다는 뜻.

설마 마나, 그 자체의 기질이라고?

"영성(靈性)!"

에기오스와 함께 온 마법사들이 경악했다.

"그게 무슨 말씀이십니까! 현자님?"

"여, 영성이라니요?"

마력에 시전자의 의지가 깃든 경지!

단지 이론으로만 존재하는, 태초 이후 인간의 마법 역사에 한 번도 등장하지 않았던 신비의 경지였다.

'지금 내가 테아마라스 님의 경지를 경험하고 있단 말인가?'

태초의 마법사 테아마라스.

지금까지 무수한 현자들이 도전했던, 그러나 결코 도달할 수 없었던 절망이자 꿈.

그렇게 이론상의 경지나 다름없었던 경지를 불과 2서클의 힘으로 이뤄 냈다고?

"이, 인정할 수 없다!"

하이베른가를 향한 예의도 현자의 고고함도 잊은 채 절규에 가까운 외침을 발하고 있는 에기오스.

루인이 무심하게 마나홀을 회수하며 입을 열었다.

"무엇을 인정할 수 없다는 것입니까."

"그, 그대! 아, 아니 대공자님의 마력은……!"

에기오스는 루인의 마나에 담긴 영성을 언급하려 했지만 차마 입 밖으로 내뱉지는 못했다.

그 말을 내뱉는다면 마법사로서 자신의 모든 세월이 부정당하는 느낌이 들 것이기에.

"제게 제 마법의 해석을 요구하진 마십시오. 무례한 것이 아니라 저 역시도 제가 이룬 마법을 제대로 설명하지 못합니다."

"……그 모든 게 우연이라는 말씀이십니까?"

"지금으로서는 그렇게 대답할 수밖에 없습니다."

루인이 지그시 현자 일행을 바라보다 슬며시 입가를 꿈틀거렸다.

"다만 제가 드릴 수 있는 말은……."

떡밥을 이 정도까지 뿌렸으면 이제 슬슬 당근을 내밀 때.

"대대로 본 가에 전해 내려온 혈류 마나석의 마력 도식을 연구해 본다면 제 마나의 근원을 살필 수 있지 않겠습니까?"

순간 에기오스의 얼굴에 화색이 돌았다.

그래도 루인이 이룬 미지의 마나를 해석할 희망이라도 있다는 것에 안도했기 때문.

만약 대공자가 혈류 마나석의 신비한 힘에 의해 마법을 각성한 것이 확실하다면 반드시 연구할 필요성이 있었다.

대체 마나의 고리를 맺는 순간 영성(靈性)을 지닐 수 있다니!

그렇지 않아도 마탑은 하이베른가의 마력 도식을 심도 있게 연구하고 싶어 했다.

하지만 혈류 마나석을 재현할 당시의 마법사들은 기억하고 있는 부분들이 서로 상이했다.

또한 각자 맡았던 회로도 달랐고 해석한 해주들도 제각각이어서 제대로 마력 도식을 재현할 수가 없었다.

하이베른가에 비밀스럽게 전해지는 마법 회로가 아니었다면 에기오스는 몇 번이고 국왕께 요청했을 것이다.

루인이 희망에 부풀어 있는 에기오스를 응시하다 아버지께 요청했다.

"가주님. 대공자의 권한으로 요청합니다. 마탑이 혈류 마나석의 마력 도식을 연구할 수 있도록 허락해 주십시오."

카젠의 두 눈이 금방 분노를 드러냈다.

"갑자기 그건 또 무슨 뚱딴지같은 소리냐?"

"말 그대로입니다. 이미 마탑은 혈류 마나석을 재현한 성과가 있지 않습니까? 그들에게는 도식을 연구할 자격이 충분합니다."

"가문의 후손들을 생각하지 않는 것이냐!"

카젠의 외침에 루인의 완곡한 대답이 이어졌다.

"가문의 저주는 이제 존재하지 않습니다."

"뭐라? 그게 정말이냐!"

"예. 가주님."

"허……!"

오랫동안 하이베른가를 짓눌러 온 그 천형과도 같은 저주가 이제 사라지고 없다니!

도무지 믿을 수 없는 일이었으나 루인의 확신에 가까운 눈빛을 보고 있자니 카젠은 여느 때보다 신뢰를 느끼고 있었다.

자신의 아들, 하이베른가의 대공자는 결코 함부로 확신을 일삼는 이가 아니었다.

-무슨 짓이냐! 누구 마음대로 하찮은 인간들에게 이 위대한 마신의 마법을 전한단 말이냐!

'닥쳐라. 쟈이로벨.'

사실 하이베른가에 전해져 온 마력 도식은 쟈이로벨의 마수였다.

자신이 점찍은 먹잇감의 생명력을 더욱 오랫동안 즐길 수 있도록 가문에 파렴치한 만행을 저질러 온 것이다.

지금까지 가문은 그것도 모르고 이 사악한 마신에게 놀아났던 것.

-흥! 천년만년 해석해 보아라! 인간 마법사들 따위가 이 위대한 마신의 마법을 한 자락이라도 해석할 수 있을 것 같으냐!

'그것까진 내가 알 바 아니고.'

루인은 희열로 번들거리고 있는 에기오스의 두 눈을 쳐다보며 희미하게 웃고 있었다.

루인은 인간의 백마법을 반드시 체계적으로 배워야 했다.

진리에 다가가기 위해 몸부림치는 마법사들의 갈망.

더욱 커다란 미끼를 드리운 이상 에기오스는 헤어날 수 없을 것이다.

드디어 결심한 듯, 에기오스가 굳은 표정으로 입을 열었다.

"허면…… 저희 마탑의 요구를 온전히 따라 줄 수 있으십니까?"

루인이 빙그레 웃었다.

"배우는 자가 자세를 낮추는 건 당연한 의무지요."

눈을 지그시 감으며 잠시 생각을 정리하던 에기오스가 천천히 눈을 떴다.

루인을 마주 바라본 그가 선언하듯 말했다.

"마지막으로 말씀드리겠습니다. 정말 르마델의 마법사가 되시겠습니까?"

"물론입니다."

순간 엄숙해지는 에기오스의 표정.

"허면 그대는 내 말을 곧이들으라. 이는 마탑을 대표하는 탑주의 말이니."

루인이 허리를 굽힌다.

"받들겠습니다."

"지금부터 그대의 신분은 원칙적으로 없는 것으로 하겠다. 공작가의 신분이 드러날 경우 르마델의 마법사 명부에서 즉시 축출을 당한다 해도 불만이 없어야 할 것이니라."

"오히려 제가 원하던 바였습니다."

그때 카젠이 끼어들며 에기오스에게 물었다.

"그게 가능하겠소?"

"무슨 말씀이신지……."

"아무리 녀석이 사교계에 이름을 올리지 않았다고 해도 그의 탄생을 지켜본 무수한 귀족들이 있소. 녀석의 존재를 아는 이는 생각보다 왕국에 많소이다."

루인이 답답하다는 듯 아버지를 쳐다보았다.

"아니 좀 말이 되는 소리를 하시죠. 제 탄생연에 참가했던 자들이 대체 누굴 기억하고 있겠습니까?"

"음?"

"그들이 기억하는 대공자는 갓난아기입니다. 그로부터 십수 년이나 흘렀죠. 그들이 절 알아볼 것 같습니까?"

"어허! 그래도 그들 대부분이 네 이름을……!"

"루인 '베른'은 알겠죠. 하지만 '루인'은 모를 겁니다. 아버지께서는 이 왕국에 루인이라는 이름의 백성이 얼마나 많은지 알고 계십니까?"

"……"

물론 카젠 역시 몰라서 억지를 부리는 것이 아니었다.

위대한 사자의 피를 물려받은 자신의 큰아들이 성을 숨기고 명예 없는 백성으로 살아간다기에 화가 났을 뿐이었다.

그런 자신의 속도 모르고 루인은 더욱 당돌하게만 굴었다.

"마법사의 의식을 행하고 있습니다. 비록 아버지라도 더는 방해하지 말아 주십시오."

루인이 에기오스를 쳐다봤다.

"죄송합니다. 계속해 주십시오."

눈치를 보던 에기오스가 다시 엄숙하게 입을 열었다.

"또한."

에기오스가 더욱 힘주어 말한다.

"마탑의 입성은 왕국 모든 마법사들의 간절한 염원. 아무런 성과도 능력도 검증되지 않은 그대를 곧장 마탑의 일원으로 받아들일 수는 없느니."

루인의 표정에 불길한 기운이 엄습했다.

"그대는 먼저 왕실 아카데미에 입학하여 마법학부의 생도로서 자질과 능력을 검증받도록 하라. 마탑의 입성은 그 후에 논하도록 하겠느니라."

순식간에 흙빛으로 변한 루인의 얼굴.

회귀 후 처음 보는 그의 당혹한 표정에 쟈이로벨이 배꼽을 잡았다.

-크하하하하하하! 전설의 대마도사라 불려 온 네놈이 아카데미라니!

루인의 얼굴은 보기 좋게 일그러져 있었다.

아카데미는 말 그대로 기초 입문자 과정.

애송이들이 가장 초보적인 이론을 배우며 몸과 마음을 수양하는 곳.

이미 마법사의 기틀이 넘치다 못해 대마도사의 경지에 이른 자신에게는 너무나도 가혹한 곳이었다.

"에기오스 님! 아니 탑주님! 그건!"

"번복은 없네. 예비 생도."

엄숙한 선언을 마친 후 에기오스가 굳게 입을 닫자.

카젠의 얄미운 목소리도 거들었다.

"흐음. 일리 있는 말이군. 기사 아카데미를 거치지도 않은 자가 근위 기사단에 배속된다는 것은 어불성설. 그런 일이 벌어졌다간 왕국의 체계가 엉망이 될 테지."

아버지까지!

자신을 차갑게 노려보는 아들의 시선을 카젠은 애써 외면했다.

한숨을 내쉬는 루인.

저 빌어먹을 현자 에기오스의 의중은 명확했다.

공작가의 요청이기도 하고 받은 것 또한 있으니 거절하긴 어려웠다.

결국 하는 수 없이 요청을 받아들이는 척한다.

하지만 꺼림칙한 마음이 사라지지 않으니 일단 아카데미에 처박아 두고 지켜보겠다는 것.

과연 왕국의 현자라 이건가.

늙은 능구렁이다운 처사였다.

"그럼 저희는 이만 물러가겠습니다 가주님."

현자 일행이 일제히 예를 갖추자 카젠도 어쩔 수 없다는 듯 입맛을 다셨다.

"허어. 마뜩지 않지만 어쩔 수 없는 노릇이구려. 부디 내 아들을 잘 살펴 주시오."

"걱정하시 마십시오. 후일 왕성에서 뵙겠습니다. 가주님."

그렇게 현자 일행이 멀어지자.

"으흠. 그럼 나도 이만 밀린 정무가 있어서."

"아버지."

"아. 지금 내가 꽤 바빠서 말이다."

"……."

더욱 구겨지는 루인의 얼굴.

틀림없이 아버지는 자신에게 소심한 복수를 하고 있는 것이었다.

눈치 없는 쟈이로벨의 영언이 루인의 뇌리에 울려 퍼진다.

-네 수만 년의 마인딩은 다 어디 갔느냐? 저런 현자의 반응은 예측하지 못했느냐? 크하하하하!

가늘게 어깨를 떨고 있는 루인.

오늘에 이르러서야 쟈이로벨은 처음으로 루인이 인간다웠다.

◆ ◈ ◆

루인이 기다란 회랑을 지나 방으로 돌아올 때까지도 쟈이로벨의 재잘거림은 끊이지 않았다.

-흐음. 그렇지 않아도 인간 마법사들의 미욱한 수련 방식을 한번 구경하고 싶었는데 잘되었군. 게다가 기초 중의 기초

부터 착실히 배우는 건 오히려 네 미래를 위해 옳은 일일 수
도 있지 않느냐?

"닥치라고 했다."

루인은 아직까지도 머리가 지끈거렸다.

자신에게 필요한 것은 인간의 백마법 체계를 경험하는 것
이지 마법의 기초가 아니었다.

마법의 상아탑이라 불리는 마탑이라면 몰라도 고작 아카
데미에서는 얻을 것이 거의 없을 것이다.

-짧은 인간의 수명상 어차피 넌 곧 짝짓기를 해야 하지 않
느냐? 그곳에 가면 또래의 암컷 인간들을 원 없이 만날 터인
데 굳이 그렇게 울상을 할 일이…… 큡!

썩어 문드러진 그 고약한 면상으로 웃음을 참고 있는 쟈이
로벨이 눈에 선하다.

루인은 더 이상 참지 못했다.

'그것'을 벌써 활용하게 될 줄이야.

-또 어딜 가느냐?

뚜벅뚜벅.

거침없이 걸어간 루인은 곧바로 커다란 궤짝 앞에 멈춰 섰다.

쟈이로벨도 그 궤짝을 알고 있었다.

불과 얼마 전 하인들이 낑낑거리며 루인의 방에 가져온 물건.

무엇이 담겼는지 쟈이로벨은 궁금했지만 루인은 열어 보지도 않고 구석에 방치해 둔 상태였다.

덜컥.

키를 맞추고 당기자 육중한 자물쇠가 구속하고 있는 궤짝이 열린다.

호기심이 치민 쟈이로벨이 루인의 시야로 궤짝 안을 확인했다.

-음?

기다란 족자 두루마리.

궤짝에 담긴 것치고는 조금 초라한 물건.

-그게 뭐지?

어둑한 밤, 루인의 새하얀 치아가 고르게 빛난다.

촤르르르르륵-

망설임 없이 벽면에 족자를 거는 루인.

흐드러지게 드리운 달빛이 은은하게 족자를 비추자.

"호오, 과연 아길레군. 일 처리가 깔끔해."

쟈이로벨이 자신을 향한 '관찰'을 멈추고 잠시 수면할 때.

루인은 집사 아길레를 비밀스럽게 불렀다.

금화가 얼마가 들어도 좋으니 왕국 최고의 명화가에게 의뢰를 맡기라는 자신의 명령을, 아길레는 충실히 이행한 것이다.

이어 들려오는 쟈이로벨의 날카로운 비명.

-크아아아아악! 다, 당장 치우지 못하겠느냐!

달빛 아래 드러난. 칠흑처럼 넘실거리는 마기.

그리고 강대한 대마신의 진마체(眞魔體).

온몸에 빼곡히 자리 잡은 강철보다 날카로운 비늘.

기다랗고 무시무시한 마수(魔手).

그의 날카로운 손톱이 움켜쥐고 있는 것은 바로 한 쌍의 잘린 날개.

볼품없이 짓이겨진 날개를 양손에 들고 당당하게 서 있는 위대한 마계의 정복자.

루인은 그 위풍당당한 승자의 위용에 흡족해하며 웃고 있었다.

-크아아아아아! 너, 너 이 새끼!

대마신 므드라.

마계의 서풍(西風) 지대를 절반 이상 정벌한 위대한 정복 군주.

쟈이로벨에게 씻을 수 없는 치욕을 안긴 장본인이자 그의 평생의 대적자였다.

그때.

갑자기 루인의 입에서 주술 같은 음성이 흘러나왔다.

"йз ныɲ ʍıɛз…… ʑʍɬөⅴоуоуз……."

-허윽!

루인의 입에서 흘러나온 것은 다름 아닌 마계의 언어.

한없이 낮은 자세로 므드라의 위대한 위업을 칭송하고 그가 이룬 모든 것들을 경배하는 대서사시였다.

서풍 지대를 살아가는 마족들에게는 경전과 같은 내용!

당연히 그 서사시는 쟈이로벨의 처참한 패배를 조롱하고 경멸하는 내용으로 가득했다.

쟈이로벨은 당장이라도 루인의 내장을 갈아 마시고 싶은 살의로 가득했으나 그건 불가능한 일이었다.

이미 수차례나 남용한 진마력!

강림은커녕 지금의 상태를 유지하는 것만으로도 벅찼다. 적어도 몇 달간은 꼼짝없이 마력만 회복해야 할 판국이었다.

그렇게 루인의 입에서 흘러나온 므드라의 대서사시는 새
벽 어스름이 물러갈 때까지도 끝나지 않았다.

◆ ◈ ◆

현자 일행이 떠나간 며칠 후.

카젠은 여러 충직한 가신들과 함께 영지를 순찰하며 숙청
의 후폭풍을 정리하고 있었다.

가문은 표면적으로는 고요했으나 실상은 혼란 그 자체였다.

소에느와 그 휘하 기사들이 가문에 끼쳐 온 영향력이 그만
큼 거대했던 것이다.

그들이 지위를 잃고 물러갔다고 해서 그들의 사람들까지
없어지는 것은 아니었다.

당연히 기득권이 사라진 자리에는 수많은 사람들의 아우
성이 터져 나올 수밖에 없었다.

카젠이 그들 모두를 가율로 엄히 다스리기에는 그 수가 너
무 많았다.

"죄송합니다. 가주."

영지를 바라보던 유카인이 갑자기 음울한 안색으로 고개
를 떨구자 카젠이 물었다.

"유카인. 내게 무엇이 미안한가?"

피가 나도록 입술을 깨무는 유카인.

"저는 베른이…… 이 위대한 검가의 상태가 이 정도일 줄은 꿈에도 몰랐습니다."

더 이상 하이베른은 기사의 순수로 움직이는 집단이 아니었다.

이해관계가 거미줄처럼 얽혀 있는 그야말로 욕망을 지닌 자들의 세상.

작든 크든 이권이 있는 곳이라면 그 어느 곳이라도 기사들이 얽혀 있었다.

"그것이 어디 자네 탓이겠나. 이번 일을 겪으며 나는 생각한다네. 어쩌면 너무나도 드높은 영광이 우리 베른가의 앞길을 막아 온 것은 아닌지를 말이네."

"……."

"애초부터 막는다고 제어될 욕망이 아니었던 게지. 거세한다고 해서 종마의 기질이 어디 가겠는가. 거칠게 투레질을 하며 쉼 없이 달리고픈 욕망을 종마는 멈추지 않을 테지."

유카인의 시선을 좇아 함께 영지를 바라보는 카젠.

"기사들의 욕망을 기수가의 영광으로 막아 온 세월이 천년. 그사이에 가문의 봉토는 절반 이하로 줄어들고 가문의 기사도는 오히려 더 퇴보하였네. 대공자의 말대로 어쩌면 벌써 귀족 사회의 웃음거리일지도 모르지. 이 빠진 사자, 이름뿐인 공작가로 말이네."

"당치 않습니다. 감히 누가 그런 배덕한 마음을 입 밖으로 내뱉을 수 있겠습니까."

"이미 자네의 말에 정답이 있군."

그런 카젠의 말에 유카인이 이를 깨물었다.

겉으로 내색만 하지 않을 뿐, 하이베른은 이미 많은 귀족들에게 과거의 영광이었다.

뛰어난 무력 외에는 아무것도 존재하지 않는 가문.

"반면 렌시아가는 어떤가."

"가주!"

철두철미한 계략과 음모로 귀족 사회를 통합하여 거대한 이권 집단을 이룬 가문.

오랜 세월 하이베른이 르마델의 깃발을 움켜쥐고 있었다면 왕가의 핸드(Hand), 국왕의 옆자리는 늘 렌시아가 차지하고 있었다.

심지어 하이베른가는 그들에게 기수의 영광까지 몇 차례 내어 주기도 했다.

당연히 국왕조차도 결코 렌시아가를 함부로 대하지 못했다.

"얼마 전 나는 까마귀들을 불렀네."

그 말에 유카인이 눈살을 찌푸렸다.

"그런 천박한 자들을 어찌……."

더러운 정보상들.

금화만 건네주면 수단과 방법을 가리지 않고 원하는 정보를 가져다주는 왕국의 기생충 같은 자들이었다.

"난 그들을 통해 왕실과 귀족 사회의 권력 지형을 알고 싶었지. 그들은 그저 웃더군. 그들은 앉은 자리에서 바로 이걸 써 주었네. 금화도 받지 않았어."

유카인이 카젠이 건넨 서찰을 묵묵히 읽어 내려가기 시작했다.

그의 표정은 곧바로 우악스럽게 일그러졌다.

"이런……!"

왕실의 의지는 렌시아가를 통하지 않고서는 결코 공표될 수 없는 지경에 이르러 있었다.

왕가가 지니고 있었던 거대한 권력과 이권은 이미 절반 넘게 렌시아가로 넘어간 상태.

왕가의 통제력도 렌시아가의 신권보다 약했다.

심지어 군권, 기사단들을 움직이는 힘까지 렌시아가 움켜쥐고 있었다.

사실상의 섭정 체제였다.

"자네는 까마귀들이 왜 금화를 받지 않았는지 짐작하겠는가?"

서찰을 구기며 이를 깨무는 유카인.

"정보랄 것도 없다는 뜻이겠지요."

카젠이 무겁게 고개를 끄덕였다.

"그렇다네 유카인. 왕국의 귀족이라면 누구나 다 알고 있는 사실을 나만 몰랐던 게지. 미천한 까마귀들의 비웃음이나 사는 것이 자네가 모셔 온 자의 실체라네."

"가주!"

"하하, 알았네 알았어 유카인."

문득 카젠의 눈빛이 심연처럼 가라앉았다.

"결국 나는 깨달았네. 1왕자를 보내어 우리 가문의 의중을 떠보는 것도 파네옴 광산의 운영권을 허락하는 것도 더 이상 왕실의 의지가 아니라는 것을."

"가주! 설마 그 정도까지!"

"유카인."

카젠의 엄숙한 표정에 유카인이 고개를 숙였다.

"말씀하십시오. 가주."

"나는, 아니 하이베른은 이제 더러움을 두려워하지 않고 그들과 함께 진창에 구를 것이네."

"가주!"

씨익 웃는 카젠.

"하지만 난 그런 삶을 살아 보지도 살 수도 없는 놈이지. 그건 자네도 마찬가지야."

가주의 말에 담긴 의미를 곰곰이 곱씹던 유카인이 이내 두 눈을 휘둥그레 떴다.

"설마 그 말씀은!"

"그래 유카인. 그런 일에 누구보다도 어울리는 녀석이 있지."

단 며칠 만에 특권과 오만에 찌든 동생들의 성품을 개조시킨 후 장악해 버린 자.

한 달도 되지 않은 시간 동안 무수한 배덕자들을 솎아 내며 가문의 우매함을 일깨운 자.

강력한 추진력과 결단으로 벌써부터 사실상의 가주 대행을 하고 있는 쾌씸한 녀석.

"미욱한 소년이 진정한 남자가 되기까지 얼마나 걸리겠는가."

유카인이 씁쓸하게 웃었다.

"아직 저도 제가 진정한 사내인지를 잘 모르겠습니다."

"하하!"

호탕하게 웃던 카젠이 저 멀리 거대한 하이베른의 성을 응시했다.

"녀석은 단 며칠 만에 데인을 사내로, 아니 기사로 만들었네. 난 사람이 그렇게 쉽게 바뀌는 것을 본 적이 없어."

"저도 요즘 데인 님을 보면 늘 놀랍고 새롭습니다."

"더구나 얼마 전 자네의 보고 말이네."

"아……."

루인과 1왕자와의 독대를 떠올리면 유카인은 아직도 가슴이 떨려왔다.

"치밀한 임기응변과 대담한 대응. 칼날 같은 논리. 상대를 허물어뜨리는 그 철저한 장악력. 난 녀석이 이제는 두려울 지경이라네."

"……"

"녀석은 가문의 어떤 것도 내주지 않았네. 베른의 재산, 군권 어느 하나 1왕자에게 약속하지 않았지. 내민 조건은 단 하나, 친구가 되어 주겠다는 것. 그 하나만으로 녀석은 1왕자라는 강력한 끈을 만들어 버렸네."

어쩌면 그 충격은 보고로 접한 카젠보다 실제로 그 자리에 있었던 유카인이 더할 것이다.

유카인이 상대의 무력이 아닌, 단지 사람의 언변만으로 공포를 느낀 것은 그때가 처음이었다.

"대체 왕실에서 1왕자가 처한 상황을 어떻게 그리도 정확하게 알고 있을 수 있단 말인가? 한 번도 보지 못한 국왕의 심기는 또 어떻게 헤아릴 수 있단 말인가?"

카젠이 유카인을 쳐다봤다.

"자네는 그런 것이 가능한 사람을 알고 있나?"

유카인이 고개를 가로저었다.

"보지 못했습니다."

"그렇다네. 나 역시 왕실의 명망 높은 현자들을 오랫동안 경험했지만 그런 빼어난 지혜는 접한 적이 없네. 심지어 얼마 전엔 현자를 마음껏 요리하는 녀석을 직접 보기까지 했지."

그 드높은 지혜의 현자가 속수무책으로 당하기만 했다.

현자 에기오스가 그토록 위엄을 잃은 채로 욕망에 휩싸인 모습이라니.

카젠으로서는 상상도 해 보지 못한 희귀한 광경이었다.

다시 성을 응시하며 웃는 카젠.

"대공자를 포기하겠다고? 실없는 소리. 이미 저 성(城)은 녀석의 베른이네. 포기하고 싶어도 도망치고 싶어도 결국 저 성곽 위에 우뚝 서게 될 것이야."

◆ ◇ ◆

"가주님! 보웬 공의 은신처를 찾았습니다!"

가주실에 도착한 기사 소로드가 충직한 예법으로 지도를 건네 왔다.

묵묵히 지도를 받아 드는 카젠.

"음……."

보웬 다리오네 남작.

수만에 달하는 유랑민을 만들어 낸 장본인이자 하이베른 가의 영지 일대를 혼란에 빠뜨린 원흉.

루인의 조언대로 추적대를 편성하여 그의 은신처를 찾긴 했으나 점점 가슴이 답답해지기만 했다.

'파네옴 광산이라…….'

막상 광산을 수습하고 광맥을 개발하자니 어디서부터 무엇을 손대야 할지 감도 잡히지 않았기 때문.

자신뿐만 아니라 대부분의 혈족들은 평생 동안 전장의 기술만을 배워 왔다.

정신과 육체를 갈고닦아 적을 이기기 위해, 왕국을 지키기 위해 예비된 기사들.

광산의 경영을 맡기고 싶어도 맡길 사람이 없는 것이다.

재물을 일구는 자질이 조금이라도 있는 자들이라면 소에느와 그녀의 일파들.

그들은 탐욕을 배웠다.

재물이 주는 쾌락을, 권력의 짜릿함을 이미 알아 버린 자들이었다.

하지만 그들 모두를 처벌한 마당에 다시 등용하여 중책을 맡긴다는 것은 모양이 우스웠다. 게다가 순혈파들의 반발도 엄청날 것이다.

"그가 다리오네가의 가주인(家主印)을 지니고 있는 것은 확인했는가?"

카젠의 물음에 기사 소로드가 난색을 표했다.

"보웬 공의 은신처는 본 가의 봉토 밖입니다. 더욱이 아직 왕실에서는 아무런 공표도 없습니다. 르마델의 왕법이 그를 죄인으로 확정 짓지 않는 이상 저희가 그를 구금하거나 몸을 수색할 수는 없습니다."

카젠은 허탈하게 웃을 수밖에 없었다.

잘했다는 듯이 흡족한 얼굴로 소로드를 향해 고개를 끄덕이고 있는 유카인.

소로드 역시 자신의 허탈한 웃음에 담긴 의미를 읽지 못했는지 눈만 멀뚱거리고 있었다.

과거였다면 사심에 치우치지 않은 소로드의 일 처리를 칭찬했을 것이다.

　왕국의 법도와 정의를 수호하는 것이 하이베른가의 본분이니까.

　하나 공작가의 위세를 활용해 광산의 병합을 왕실에 통보하고 다리오네가의 이권을 반강제로 탈취하려는 마당.

　이런 험악한 판국에도 기사도를 올곧게 내세우는 소로드야말로 이 가문의 적나라한 현실이었다.

　음모와 계략이 난무하는 귀족 세계에 발을 담그기로 한 이상 하이베른가의 정의는 이제 달라져야만 했다.

　"후우……."

　기다란 한숨.

　선택의 여지가 없었다.

　이 모든 것은 녀석이 짠 판이니 결국 그를 불러 해결하게 만들 수밖에 없었다.

　"대공자를 불러오라."

　"충!"

　잠시 후, 루인이 가주실에 도착했다.

　카젠은 현재 가문이 처한 권력의 공백과 보웬 공 문제 등 모든 상황을 루인에게 빠짐없이 설명해 주었다.

　루인이 다소 지친 기색의 아버지를 담담히 응시하고 있었다.

　투기를 발휘하여 기사들을 압도할 때는 왕국의 절대적인

패자(霸者)의 면모를 보여 주던 아버지였다.

하지만 아버지는 귀족 사회의 이권, 그 아귀다툼 앞에서는 한없이 작아지시기만 했다.

그렇게 안타까운 눈으로 카젠을 바라보던 루인이 별안간 기사 소로드를 힐난했다.

"바보세요?"

소로드가 당황해하며 루인을 쳐다봤다.

"……무슨 말씀이신지?"

"추적대의 인원은 몇 명이었습니까?"

"삼백입니다."

굳건한 자부심, 당당하게 외치는 소로드.

"무슨 문제라도 있느냐?"

아버지의 순진한 의문에 루인이 지끈거리는 관자놀이를 매만지다 다시 입을 열었다.

"아버지. 제대로 된 기사 병단 하나 없이 백 년 이상 상인 연합을 상대해 온 다리오네가입니다. 그들이 어떻게 생존할 수 있었겠습니까?"

다리오네가의 초대 가주는 상인 연합 출신.

거리의 밑바닥에서부터 온갖 산전수전을 겪으며 성장한 그는 상인들의 신이라 불리던 인물이었다.

마침내 엄청난 재산을 일구어 귀족의 작위까지 거머쥔 입지전적인 가문.

"유랑민들의 영지 유입을 막지 않는 하이베른가. 기사들의 대숙청. 삼백에 달하는 추적대. 갑작스러운 1왕자의 방문. 이 모든 정보를 접한 저들이 무슨 생각을 하고 있겠습니까?"

"그게 무슨 소리냐?"

"하이베른가가 자신들을 노리고 있다는 것을 저들이 이미 알고 있다는 말입니다. 가주인은 보웬 공에게 없으니 지금 당장 모든 추적 활동을 멈추세요. 시간 낭비입니다."

"그럴 리가 없다! 지금까지 단 한 번도 영지전을 펼친 적이 없는 본 가다!"

카젠의 말대로 하이베른가는 천 년이라는 긴 세월 동안 단 한 번도 야심을 떨친 적이 없었다.

르마델의 왕명 외에는 어떤 것으로도 하이베른가를 움직일 수가 없는 법.

그게 하이베른, 기사들의 정도(正道)였다.

"맞습니다. 그렇게 계속 귀족들을 방심하게 만들었어야죠. 그런데 추적대를 삼백이나 편성하셨네요?"

"그건!"

"본 가를 상징하는 문양이 덕지덕지 그려져 있는 갑주를 입은 기사들이, 본 가의 사자기(獅子旗)를 펄럭이며 위풍당당하게 온 영지를 들쑤시고 다녔겠죠."

"……."

사실 루인은 벌써 보웬 공의 추적을 끝마쳤다는 말을 들었을 때부터 느낌이 쎄했다.

그러나 기사들을 무식하게 삼백 명이나 동원했을 줄은 꿈에도 몰랐다.

"다리오네가는 물론 본 가의 봉토 근처의 귀족가들도 이미 동요하고 있을 겁니다. 일이 이렇게 된 이상 하는 수 없습니다."

냉혹한 루인의 두 눈.

하이베른가에는 뛰어난 정보력도 연합도 존재하지 않았다.

하지만 단 하나, 어떤 귀족가도 넘볼 수 없는 막강한 것이 있었다.

"가용 가능한 병력의 절반 이상을 투입하십시오. 일진은 세헬가, 이진은 다리오네가, 나머지는 모두 상인 연합을 포위합니다. 가장 많은 병력을 배치해야 할 곳은 세헬가입니다."

"……!"

루인의 대담한 계획에 카젠은 기가 차서 입을 열 수가 없었다.

하이베른가가 지닌 병력의 절반이라니?

어지간한 소국의 병력과 맞먹는 전력을?

게다가 다리오네가를 치는 것은 그렇다 치더라도 세헬가와 상인 연합이라니?

"도대체 세헬가와 상인 연합은 왜? 아, 아니지! 고작 광산 하나를 위해 영지전을 벌이다니! 그것부터가 말도 안 되는 일이다! 결코 용납할 수 없다!"

루인의 두 눈이 더욱 냉정한 빛을 발했다.

"광산 때문이 아닙니다."

"그건 또 무슨 소리냐!"

파네옴 광산을 쟁취하기 위해 1왕자를 상대로 터무니없는 도박까지 일삼은 놈이 이제 와서 딴소리라니?

"광산을 경영함으로써 얻는 이득은 그리 큰 것이 아닙니다. 본 가가 진정으로 탐내야 할 것은 사람입니다. 터전을 잃고 직업을 잃은 자들의 마음입니다. 파네옴 광산은 그들의 마음을 안정시키고 본 가로 모으는 수단에 불과합니다."

광산의 경영은 위험하고 힘든 사업이다.

루인의 입장에서 광산은 그리 탐이 나는 이권이 아니었다.

루인의 관심은 광산을 터전으로 삼아 살아가던 무수한 유랑민들.

그들은 대대로 파네옴 광산의 경영자를 숭배하고 흠모해 왔다.

유랑민들의 고향과도 같은 광산을 온전히 베른가로 귀속시키려는 것은 바로 그 때문이었다.

광산을 수습하고 경영하는 것은 그들의 정서를 안정케 할 것이다.

"유랑민들을 완전한 영지민으로 받아들이려면 파네옴 광산의 수습은 필수 불가결합니다."

"……."

카젠의 가슴이 무겁게 가라앉았다.

가문의 영역 절반 이상이 미개척지처럼 변해 버린 것은 녀석의 말대로 영지민의 수가 터무니없이 부족하기 때문.

카젠도 알고 있었다.

고된 삶에 지쳐 희망을 잃은 영지민들이 오랜 세월 동안 무수히 떠나갔다는 것을.

"……꼭 그 방법밖에 없겠느냐?"

냉정하게 고개를 끄덕이는 루인.

"귀족들이 본 가의 의도를 읽어 낸 이상, 남은 것은 속도입니다. 또한 영지전이 본 가가 할 수 있는 최선입니다."

기사 전력만 비대하게 유지하고 있는 하이베른가.

그나마 막강한 군력을 유지할 수 있었던 것은 선대로부터 물려받은 봉토가 웬만한 소국에 비견될 만큼 넓었기에 가능했던 것.

지금 루인은 그 넓은 봉토에 다시 사람을 채우자고 강변하고 있는 것이었다.

이글거리는 루인의 눈빛.

그런 아들의 욕망에 점차 동화되어 가는 자신.

베른가의 성을 이고 살아가는 혈족이라면, 대공국(大公國)의 영광, 그 찬란했던 과거에 가슴 뛰지 않을 이는 없었다.

카젠은 루인의 계획을 좀 더 듣고 싶어졌다.

"나를 설득시켜 보거라."

"아버지가 궁금해하시는 부분은 세헬가와 상인 연합을 치는 것이겠죠."

"그렇다."

루인은 아버지에게 건네받았던 지도를 펼쳐 상인 연합의 근거지를 손으로 가리켰다.

"분명 보웬 공과 채무 관계로 얼룩지기 이전의 상인 연합은 다리오네가와 매우 우호적이었습니다. 다리오네가의 초대 가주가 상인들의 신으로 불렸던 존재이니 어쩌면 당연한 일이죠."

"좋다마다. 지금까지 다리오네가는 상인 연합의 실질적인 수장이었다."

루인이 웃었다.

"이상하지 않습니까?"

"뭐가 말이냐?"

이번엔 다리오네가의 영지를 가리키는 루인.

"부자가 망해도 삼대는 떵떵거리며 살아야죠. 보웬 공이 아무리 무능한 자라고 해도 그는 상인들의 신, 부르노아 공의 장자입니다. 한데 어째서 이렇게 쉽게 무너졌을까요."

"그거야……."

방만한 광산 경영.

상상할 수 없을 만큼 지독한 사치.

마르지 않은 샘처럼 골드를 뿌려 대던 보웬 공은 그 막대한 재산을 모조리 날려 버렸다. 그 사실을 루인이 모를 리가 없었다.

"브루노아 공이 왕국에 헌납한 재산의 규모를 생각해 보시죠. 재물만으로 귀족이 된 가문입니다. 르마델 왕국에서도 전례를 찾아보기 힘듭니다. 그런 엄청난 재산을 일군 가문이 얼마나 많은 귀족가와 친밀한 관계를 형성하고 있는지를 생각해 보셔야 합니다."

"음."

"지금의 상황은 그런 끈끈한 관계가 모조리 떨어져 나가야만이 가능한 상황이죠."

카젠이 깊은 생각에 잠겼다.

그러고 보니 다리오네가와 친밀한 관계를 유지하고 있는 귀족가는 많았다.

그들 중 몇몇은 충분히 상인 엽합에 영향력을 행사할 수 있을 만한 큰 가문이었다.

채무 관계를 중재하거나 광산의 경영을 지원할 역량이 있는 곳만 추린다 해도 서너 가문은 쉽게 떠올랐다.

"모두 다리오네가에 등을 돌렸을 겁니다. 채무 관계 역시 정상적으로 형성된 것이 아닐 테죠. 그토록 엄청난 재산을 일군 가문을 한순간에 알거지로 만드는 건 생각보다 쉬운 일이 아닙니다."

카젠의 동공이 흔들렸다.

"허면 네 말은 이 모든 상황이 어떤 음모란 말이냐?"

루인의 얼굴이 차가워졌다.

그는 세헬가의 영역을 가리키며 강렬한 눈빛을 발하고 있었다.

"힘을 잃은 다리오네가와는 달리 최근 들어 상인 연합에 강력한 영향력을 끼치는 가문. 급격하게 몸집을 불리는 영지 규모와 늘어만 가는 병력. 다리오네가를 막다른 골목으로 몰아세운 가문은 세헬가가 확실합니다."

"뭐라?"

지금까지 루인을 지켜본 카젠은 그의 이성과 논리가 얼마나 치밀한지 잘 알고 있었다.

하지만 지금의 그는 단지 몇몇 현상만으로 한 가문의 명예를 함부로 재단하고 있었다.

그렇게 쉽게 단정 짓기엔 루인의 논리에는 구멍이 너무 많았다.

"대공자답지 않구나. 그런 단편적인 사실만으로 함부로 한 귀족가의 명예를 험담할 수는 없다. 그건 협잡이다."

루인이 음침하게 웃는다.

"글쎄요."

대공자의 눈빛이 일변한다.

한없이 차가운 동공. 어쩌면 무심해 보이기까지 하는 그의 눈빛에서 카젠은 순간적으로 서늘함을 느꼈다.

"그렇다면 이건 어떻습니까? 이십 년 전 다리오네가와 세헬가가 맺은 혼약 동맹. 막다른 골목에 몰린 다리오네가가 밀을 수 있는 마지막 안가(安家)."

"……."

"아버지가 보웬 공이라면 어떤 선택을 하실 것 같습니까.
가문의 희망인 가주인을 누구에게 맡기며 또 녀석을 어디로
보내겠습니까."

순간 카젠의 머릿속에는 아버지의 가주인을 품에 안고 자
신의 고모가 있는 세헬가로 달려가는 보웬 공의 아들이 떠올
랐다.

씨익.

"귀족가를 떠도는 오래된 격언이 있죠. 가장 믿을 수 있는
곳에……."

"적(敵)이 있다."

카젠은 등줄기로부터 전율이 일어났다.

루인의 냉철한 안목이 그만큼 놀라웠기 때문이다.

하지만 카젠은 굳이 내색하지 않고 질문을 이어 나갔다.

"모자라다. 그것만으로는 세헬가에 가장 많은 병력을 보내
자는 네 제안이 모두 설명되진 않는다."

세헬가를 가리키던 루인의 손이 지도의 영역 밖으로 뻗어
나갔다.

르마델 왕국의 지형을 속속들이 알고 있는 루인과 카젠에
게는 굳이 완전한 지도가 필요하진 않았다.

머나먼 광야를 지나 대구릉 지대 밖으로 뻗어 간다.

그의 손길이 마침내 도착한 곳.

상상할 수 없을 만큼 거대한 남녘의 평야. 르마델 왕국의 축복이라 일컬어지는 비옥한 대지.

"2만에 달하는 영지민을 한순간에 부랑자로 전락시킨 왕국의 문제아. 엄청난 채무로 시장을 교란시킨 자. 명예를 버리고 비겁하게 도망을 일삼는 귀족. 왕실은 그런 자를 왜 왕국의 적(敵)으로 규정하지 않고 있습니까?"

루인의 새하얀 치아가 고르게 빛난다.

"보웬 공이 왕성의 지하 감옥에 갇히길 원하지 않는 겁니다. 그가 입을 여는 것을 원하지 않는 자들이 있단 소리죠."

루인의 손이 비옥함으로 가득한 곳, 렌시아의 영역을 가리켰다.

"왕실의 의지를 뜻대로 주무를 수 있는 가문. 그동안 세헬 가를 노골적으로 비호해 온 가문."

"렌시아……."

하이렌시아가(家).

루인이 고개를 끄덕였다.

"그렇습니다 아버지. 우리가 처음으로 상대해야 할 대상은 다리오네나 세헬 따위가 아닙니다."

루인의 지난 생.

쟈이로벨과의 계약을 마치고 가문을 나왔을 당시 다리오네가는 이미 세상에서 사라지고 난 후였다.

세헬가.

새롭게 파네옴 광산 일대를 장악하고 수많은 유랑민을 받아들여 더욱 강력한 가문으로 성장한 가문.

그 위세가 얼마나 대단했던지 왕국의 기수가인 하이베른가조차 그들을 함부로 대할 수 없을 정도였다.

당시의 세헬가는 완벽한 하이렌시아가의 전초 기지.

왕국의 동북부 상권을 팔 할 이상 장악한 후 하이베른가를 지척에서 압박하던 그들 때문에 검술왕 데인은 늘 술을 달고 살았었다.

'그래. 애초부터 무리였다.'

루인은 하이베른가의 달라진 면모가 조금이라도 늦게 드러나길 바랐다.

렌시아가 놈들의 눈을 피해서 조금씩, 하지만 철저하게 세력을 확장하고 싶었다.

하지만 그것은 자신의 바람이었을 뿐.

'하하!'

자신의 가문은 추적의 개념도 여타의 가문들과는 달랐다.

추적이란 은밀함과 기동성이 생명.

한데 무슨 전장으로 출정을 나가는 것도 아니고 정예 기사 삼백이라니.

애초부터 하이베른가는 은밀히 술수를 부리고 계략을 펼칠 수 있는 가문이 아니었던 것.

그것은 루인이 예측했던 범위를 넘어선 결과였다.

이렇게 된 이상 하이베른가가 지닌 강점만을 철저하게 활용해야 했다.

"너……."

카젠은 렌시아가를 언급하다가 깊은 생각에 잠겨 있는 루인을 망연자실하게 바라보고 있었다.

저 작은 머리가 얼마나 엄청난 생각을 품고 사는지 이제는 짐작조차 할 수 없다.

카젠은 루인이 속도를 강조한 이유를 단숨에 이해했다.

그들이 자신들의 음흉한 의도를 위장한 채 다리오네가의 가주인을 확보했다면 그 이후의 행보는 명확했다.

완벽하게 위조될 서류들!

다리오네가가 보유하고 있던 광산의 운영권은 물론 상인 연합, 길드 조합과 맺었던 온갖 이권들이 그들에게 송두리째 넘어갈 것이다.

그것은 왕국의 동북부 상권 대부분이 그들에게 귀속됨을 의미했다.

그들이 다리오네가의 가주인으로 술수를 부리기 전에 모든 일을 끝내야만 하는 것이다.

"……상인 연합에 병력을 보내자는 것도 같은 이유겠구나."

"전부는 아니겠지만 꽤 많은 자들이 렌시아 놈들에게 포섭되어 있을 겁니다. 그들이 암암리에 세헬가를 지원하고 있겠죠. 왕국의 상인들 중 렌시아가의 회유를 거부할 수 있는 자는 없다고 보셔야 합니다."

"음……."

루인의 치밀한 논리.

분명 머리로는 완벽히 이해가 되었다.

하지만 왕국의 기수가인 하이베른이 영지전을 벌인다라.

그것은 그렇게 쉽게 결정을 내릴 수 있는 성질의 것이 아니었다.

"결단하시죠. 빠르면 빠를수록 좋습니다."

카젠의 눈빛이 더욱 깊어졌다.

"영지전이란 곧 왕국의 내전(內戰)이다. 그것도 르마델의 기수가인 우리 하이베른이……."

루인이 작게 웃음을 터뜨렸다.

"하하. 과연 전투가 일어날 수 있을까요?"

"뭐?"

루인이 가주실 한편에 위풍당당하게 세워져 있는 금린사자기를 시선으로 가리켰다.

"출정할 기사들이 드높일 깃대에는 가문의 깃발이 아닌 금린사자기가 걸려 있어야 합니다 아버지."

금린(錦鱗)?

카젠의 눈빛에 의아함이 번져 나갈 때 루인이 더욱 기이하게 웃는다.

"제가 아버지께 이미 선물을 드렸을 텐데요."

"허어?"

루인이 일궈 낸 1왕자와의 협상!

이미 하이베른가는 왕실과 광산의 운영권에 관한 협상을 끝마친 상태!

'그렇다는 것은!'

카젠의 온몸에 활력이 돌았다.

자신들은 지금 영지전을 벌이려는 것이 아니었다.

왕실의 재가, 그러므로 지극히 적법하고 정당한 권리 행사.

"아직 1왕자가 왕성에 당도하기 전입니다. 렌시아 놈들이 술수를 부리기 전에 끝내야 합니다."

그제야 카젠은 루인이 말했던 속도가 위조 서류 따위가 아니라 지금의 상황을 가리킨다는 것을 깨달았다.

"소로드. 출정을 준비한다."

"충!"

카젠의 분위기가 달라졌다.

루인은 어느덧 강렬한 눈빛을 발산하고 있는 아버지를 바라보며 감탄했다.

전장에 한정한다면 이 가문은 그 어떤 가문보다 강력하다. 병력을 다루는 일만큼은 아버지의 전문 분야.

루인은 안심하고 다음 일을 도모할 수 있었다.

"지하 감옥의 열쇠를 제게 주십시오."

그 말에 카젠의 곁에 서 있던 유카인의 몸이 꿈틀거렸다.

지금 그곳에는 사사로이 욕망을 탐하여 가문을 병들게 만든 기사들로 꽉 차 있었다.

"그곳은 위험합니다 대공자님!"

죄인 신분으로 강등된 소에느와 그녀의 휘하들은 누구보다 대공자를 증오하고 있을 것이었다.

"유카인. 그만."

유카인은 카젠을 바라보다 입을 다물 수밖에 없었다.

어느덧 그의 눈가가 조금씩 젖어 가고 있었기 때문이다.

"대공자에게 지하 감옥의 출입을 허한다."

"감사합니다."

루인이 공손하게 허리를 숙이며 아길레와 함께 가주실 밖으로 사라져 갔다.

유카인이 이해할 수 없다는 표정을 지었다.

"너무 위험합니다 가주! 아직 그들은 가주님의 뜻에 모두 감화(感化)하지 않았습니다! 왜 그런 결정을 내리셨습니까?"

"유카인."

카젠의 시선은 창밖의 성곽, 도도하게 펄럭이고 있는 하이베른가의 깃발을 향해 있었다.

"그들은 비록 욕망에 물든 타락한 자들이지만 가문의 중추이자 절대 다수이네."

소에느.

카젠의 부재, 그 십 년 동안 하이베른가의 기사들 중 팔 할이 그녀의 영향력 아래 거두어졌다.

"그러나 베른은 그들을 가율로 다스릴 수밖에 없지. 그것이 사자의 법도이며 가주의 숙명이라네."

가문의 누구보다도 카젠과 가깝다고 자부하는 유카인이었으나 그의 고뇌를 모두 이해할 수 있는 건 아니었다.

어쩌면 그것은 당연한 것.

왕국의 기수, 사자의 권좌에 올라 보지 못했기에 그의 결정을 온전히 헤아릴 수가 없었다.

"이대로 가율대로 처벌을 끝마친다면 본 가는 더 이상 존속할 수가 없겠지. 그들의 공백을 메울 수 있는 수단이 없기 때문이네. 그렇다고 베른가의 가주가 가율의 행사를 번복할 수 있겠는가?"

가주의 검, 사흘의 용맹으로 행사한 베른의 가율을 번복하다니. 그건 있을 수 없는 일이었다.

그것은 가주의 권위 자체를 스스로 부정하는 행위.

"녀석은 지금 나와 싸울 작정이라네. 죄인들의 석방을 내게 강변할 것이야. 대공자는 그럴 권한이 있으니 말이네."

"예……?"

유카인은 소름 끼치도록 차가운 대공자의 얼굴을 지금도 생생하게 기억하고 있었다.

고모의 죄를 누구보다도 철저하게 묻고는 끝까지 그녀의

죽음을 종용하던 그의 외침이 아직도 귓가에 선연했다.

"그 일에, 얼마나 대범한 용서가 필요한지는 자네도 잘 알고 있지 않은가."

"설마 그렇게까지……."

"아니. 대공자는 반드시 그렇게 할 것이야. 녀석은 나보다도 더 베른(Baron)을 사랑하고 있지."

눈만 보아도 알 수 있었다.

그가 이 베른, 이 위대한 사자의 가문을 얼마나 사랑하고 있는지를.

그랬기에 카젠은 루인의 모든 것을 믿을 수 있었다.

"이 아비를 이리도 부끄럽게 만들다니."

눈은 울고 있었으나 카젠의 입은 웃고 있었다.

유카인은 멍하니 그의 얼굴을 바라보며 탄식할 수밖에 없었다.

지하 감옥에 들어가겠다는 단순한 요청에 이토록 많은 것을 헤아리는 카젠이나 대공자나 하나같이 괴물들이었다.

시간이 흐르면 흐를수록 대공자를 향한 유카인의 마음은 확신으로 변하고 있었다.

"카젠."

카젠이 반갑다는 듯 빙긋 웃었다.

유카인이 자신을 친근하게 불렀다면 그건 더 이상 신하의 조언이 아니었다.

"말하게. 친구여."

"무슨 일이 있어도 절대 포기하지 말게."

카젠은 그가 무슨 뜻으로 말하는지를 잘 알고 있었다.

루인이 지니고 있는 대공자의 위계를 끝까지 포기하지 말라는 뜻.

문득 카젠은 그런 유카인을 놀리고 싶어졌다.

"데인의 검을 그토록 칭찬한 건 자네이지 않은가. 그를 새로운 대공자로 삼으라고 조언하던 자네의 목소리가 어제처럼 선명하건만."

데인이 지닌 검의 재능을 알아본 유카인은 사상 최고의 천재가 났다며 날듯이 기뻐했었다.

그를 가장 옹호하고 후원했던 기사가 바로 유카인.

"이건 검의 재능과는 상관없는 문제네. 카젠."

카젠은 기가 찼다.

누구보다도 검을 숭배하는 기사의 입에서 저런 말이 흘러나올 줄이야.

"대공자가 검을 익히지 않아도 상관없네. 허울뿐인 기수라도 좋네. 그에게 가문의 경영을 맡길 수만 있다면……!"

카젠이 크게 웃었다.

"핫하! 렌시아 놈들의 코를 납작하게 만들 수 있겠지!"

"나는 대공자가 그 옛날 대공국의 영광을 되찾을 것만 같다네."

확신으로 가득한 유카인의 목소리.

그는 아직도 떨림이 가시지 않았다.

방금까지 가주실에 울려 퍼지던 대공자의 냉랭한 목소리가 내내 귓가에 맴돌고 있었다.

"나는 대공자가 도저히 같은 사람이라고 느껴지지 않는다네 카젠."

유카인의 두 눈에 얽혀 있는 감정.

어쩌면 그것은 두려움일지도 몰랐다.

힘의 공백이 생기면 새로운 권력이 자리 잡는 것은 자연스러운 과정.

하지만 자신들이 대수롭지 않게 넘겼던 모든 정보들이 그에게만큼은 달랐다.

복잡한 정보들을 취합하고 변수를 제거하며 가정을 도출해 나가는 치밀한 과정들.

이를 통해 단숨에 세헬가의 음모와 렌시아가의 의도를 꿰뚫는다.

물론 유카인이 이토록 동요하는 것은 루인의 그런 지략가적인 면모 때문만은 아니었다.

그의 생각 속에는 자신이 도저히 살필 수 없는 미지의 혜안이 있었다.

1왕자를 다뤘던 과정, 그리고 다리오네가의 공략을 설파하는 그의 모습을 모두 지켜보고 난 후에야 그런 생각은 확신으로 바뀌었다.

"하하! 아비인 내게 녀석을 괴물이라 말하고 싶은 건가?"

"그런 말이 아니네 카젠."

더없이 진지한 유카인의 태도에 카젠 역시 얼굴에서 장난기를 지웠다.

"가슴에 있는 말을 모두 해 보게."

침을 꿀꺽 삼키는 유카인.

"나는 매끈하게 잘려 나간 대공자의 동맥을 직접 보았네. 심지어 심장이 지척이었어. 그런데도 대공자는 살아났네."

"그랬지."

"그 참혹한 저주를 이기고 몸을 회복한 것만 해도 불가사의한 판국에 그런 치명상을 입고도 어찌 죽지 않을 수 있단 말인가? 게다가 회의장에 나타났을 때도……."

"그래. 자신이 살아났다는 것에 녀석은 아무런 동요도 없었지."

유카인이 무겁게 고개를 끄덕였다.

"그렇네. 대공자의 눈은 자신의 죽음을 의심하는 눈이 아니었네."

"동맥을 자르고도 죽지 않음을 미리 알았던 게지."

그것이 유카인이 경험한 루인의 첫 번째 불가사의.

"어처구니없는 말이지만 살아난 건 그렇다 치세. 그 후의 행보는 더욱 이해할 수가 없네. 죄인 소에느의 음모를 어떻게 미리 알고 그녀를 솎아 냈단 말인가? 자네에게 건넨 변절한 기사들의 명단은 또 어떻게 설명할 수 있는가?"

그것은 결코 지략의 영역이 아니었다.

결론을 도출하려면 과정이 필요한 법인데 대공자의 행동에는 그런 과정이 생략되어 있었다.

빙긋.

"나도 모르네."

웃고 있는 카젠을 바라보며 유카인은 허탈했다.

정작 아버지란 작자가 이런 신비하고 이상한 일에 무감각하다니.

카젠이 멍한 얼굴을 하고 있는 유카인의 어깨를 툭툭 쳤다.

"기회가 되면 녀석과 함께 진지하게 이야기를 나눠 보게. 그럼 지금의 내 반응이 이해가 될 걸세."

Chapter. 10

"대공자님. 아니 도련님."

집사 아길레가 자신을 부르는 호칭.

유모의 보살핌을 받던 시절에나 들었던 그의 다정한 목소리.

루인은 지하 감옥으로 향하던 발길을 멈추었다.

"오랜만이군. 자네의 그런 눈은."

루인은 그 옛날의 아길레가 떠올라 반가운 미소를 지었지
만, 그는 열쇠 꾸러미를 들고 있는 자신의 손을 다급히 제지
할 뿐이었다.

"……갑주를 걸치세요. 죄인 소에느는 지극히 위험한 인물입
니다. 죄인들을 선동해 도련님께 위해를 가할지도 모릅니다."

하지만 여전히 무덤덤한 루인의 표정.

"스스로 감옥으로 들어간 여자입니다. 아직 포기하지 않았을지도 모릅니다."

아버지는 소에느와 삼촌 니젠을 가율대로 처결하지 않았다.

그들의 타락이란 결국 당신의 책임이라 여겼기 때문이었다.

그럼에도 그들이 자청하여 지하 감옥으로 들어갔다는 것.

그건 휘하의 기사들을 아직 버리지 않았다는 뜻으로 내비칠 수 있었다.

아길레의 염려가 무리는 아닌 것이다.

"아니야. 아길레."

"네?"

위험천만한 상황을 즐기는 것이 아니라면 대공자는 분명 자신의 조언을 받아들여야만 했다.

그러나 아길레는 희미한 루인의 미소를 끝내 해석하지 못했다.

'소에느⋯⋯.'

루인은 혈족대연회에서 보았던 소에느의 음울한 눈빛을 기억하고 있었다.

그녀는 왕국의 기수가 지닌 거대한 사자의 권위에 굴복했다.

또한 그런 그녀를 더욱 궁지에 몰아넣었던 것.

바로 오랜 세월 화초처럼 정성스럽게 가꾸었던 하이베른 가의 아이들.

그런 그들이 자신의 통제 밖에 있다는 사실은 그녀의 희망을 완전하게 앗아 갔다.

니젠만으로는 아무것도 할 수 없다. 누구보다도 그녀가 가장 잘 알고 있을 것이다.

끝내 루인은 소에느의 마음을 이해하며 또 인정할 수밖에 없었다.

그녀는 후일을 위해 기사들을 포기하지 않은 것이 아니다.

그녀는 끝까지 책임지고 있다.

고통을 함께 나누려 하고 있다.

희망 없이 사라져 간 꿈, 다시는 기사의 명예를 꿈꿀 수 없는 그들의 절망을, 마지막까지 눈에 담으려는 것이다. 외면한다면 베른가의 혈족으로 남아 안락함을 누릴 수 있음에도.

적어도 그녀의 마지막만큼은 '베른'다웠다.

'정말 대단한 여자다.'

그제야 루인은 왜 아버지가 저들에게 마지막 자비를 베풀지 않는지를 이해했다.

함께 순장(殉葬)을 결심한 자들.

그런 끈질긴 결의로 뭉친 자들에게 다시 충성을 허락할 순 없을 테니까.

"기다리지 말고 돌아가, 아길레."

철컥.

저벅저벅.

루인이 육중한 철문을 열어 재끼고는 새까만 지하 계단으로 사라져 갔다.

아길레가 그 모습을 망연자실하게 바라보다가 기다랗게 한숨을 내쉬었다.

"대공자님……."

◆ ◇ ◆

사실 베른가의 성 아래 지하가 처음부터 감옥은 아니었다.

초대 가주 '사홀 르마델 비셰리스마 베른'.

전설에 의하면 그는 자신을 따르는 사역 드래곤 비셰리스마와 함께 이곳에서 안식에 들었다고 전해졌다.

때문에 베른가의 후손들은 시조 사홀의 유산을 되찾기 위해 성의 지하를 샅샅이 조사한 것이다.

하지만 발굴에 성공한 것은 아무것도 없었다.

그저 남은 것은 탐험을 위해 만들어 놓은 거대하고 복잡한 미로뿐.

그런 쓸모없어진 미로에 작은 방들을 만들고 죄인들을 가두기 시작한 것은 그로부터 오랜 세월이 지나고 나서였다.

'정말 엄청나군.'

루인은 그 상상할 수도 없는 규모에 숙연해졌다.

온갖 방향으로 거미줄처럼 얽혀 있는 미로가 그야말로 아득하다.

시조의 유산을 갈망해 온 선조들의 마음이 절절하게 느껴
졌다.

찬란했던 대공국의 역량이 어느 정도였는지도 단숨에 파
악할 수 있었다.

국가가 아니라면 이런 규모의 발굴은 꿈도 꿀 수 없을 것이다.

'여기가 끝인가.'

미로의 곳곳을 밝히고 있던 횃불 대열이 더 이상 연장되지
않았다.

사방으로 뻗어 얽힌 미로들이 아직 시꺼멓게 많았지만 감
옥으로 활용하는 건 미로의 초입까지가 전부였다.

그런 감옥의 끝자락에서, 대공자의 복식을 확인한 간수와
병사들이 자신을 향해 일제히 경례를 해 왔다.

"충! 대공자님을 뵙습니다!"

"충! 베른가에 경의를!"

어두컴컴한 감옥 전체가 인기척으로 부산해졌다.

정적을 깬 간수의 목소리가 죄인들의 귀를 사로잡았기 때
문이었다.

대공자 루인.

자신들의 계획을 철저하게 부순 원흉.

"죄인 소에느를 만나겠다."

루인의 차가운 음성.

간수는 함부로 대답하지 못했다. 자신의 상관으로부터 어떤 명령도 전달받은 것이 없었기 때문이었다.

그러나 자신의 눈앞에 있는 이는 한없이 드높은 하이베른가의 대공자.

"……대공자의 명령이십니까?"

루인이 한심하다는 듯 간수를 쳐다봤다.

"베른의 가율은 그녀에게 투옥(投獄)과 형기(刑期)를 결정한 바가 없다. 때문에 나의 요청은 사사로운 것. 두려워하지 말고 그녀에게 안내하라."

듣고 보니 맞는 말이었다.

죄인 소에느는 가문으로부터 형기를 부여받은 적이 없는 자, 즉 간수의 책임이 닿지 않는 인물이었던 것.

안도한 표정의 간수가 곧장 루인을 이끌고서 한 철문 앞에 도착했다.

"이곳입니다. 대공자님."

철컥, 쿵.

철문이 감옥의 벽면에 부딪히며 이내 어두컴컴한 내부가 드러났다.

소에느.

흔들리는 횃불에 의해 사라졌다가 나타나기를 반복하는 얼굴.

마치 감정을 잃은 사람처럼 생기가 느껴지지 않은 그녀 앞에서 비로소 루인은 자신의 예상이 틀리지 않았음을 깨달았다.

그렇게 그녀는 더 이상 야망을 꿈꿀 수 없는 영혼이 되어 순순히 절망을 감내하고 있었다.

빛을 잃은 그녀의 눈동자가 이내 루인을 응시했다.

"대범하다고 해야 할까. 무모하다고 해야 할까."

이곳 지하 감옥에는 극형으로 폐인이 된 자들도 있었으나 아직 투기를 잃지 않은 기사들도 수두룩하다.

그런 위험한 자들의 정적인 자가 단신으로 찾아오다니.

루인이 웃었다.

"뭐, 궁지에 몰린 쥐새끼 같아 보이진 않는군."

"능욕을 즐기나 보네. 대단한 녀석인 줄 알았더니 결국은 어린애인가."

가늘게 좁힌 미간, 좀 더 또렷해진 눈빛으로 소에느도 마주 웃고 있었다.

"그래. 승자는 누릴 자격이 있으니까. 짓밟고 싶은 욕망을 굳이 참을 필요는 없겠지."

소에느가 수의처럼 새하얀 상의를 벗었다.

이윽고 그녀의 손길이 위태롭게 걸쳐 있는 속옷으로 다가 갈 때 루인의 표정이 험악하게 일그러졌다.

"뭐 하자는 거지?"

"내 비명을 듣고 싶었으면 칼을 들고 왔어야 하지 않을까? 즐기려거든 제대로 준비했어야지."

그녀는 웃고 있었으나 아버지처럼 감정이 비어 있었다.

아버지와 마찬가지로 자신의 고모 역시 더 이상 닳을 수도 없는 마음이 되어 버린 것이다.

대체 이 여인이 꿈꾸던 열망이 얼마나 거대했길래 이토록 스스로를 저주하게 되었단 말인가.

"……뭘 하고자 했지?"

"뭐?"

소에느의 두 눈에 의문이 번져 갈 무렵 루인의 냉랭한 음성이 다시 흘러나왔다.

"만약 계획대로 모든 것을 이뤘다면, 그 후에는? 데인을 꼭 두각시로 만들고서 무얼 하고자 했지?"

과거의 삶, 소에느가 죽기 직전에 했던 마지막 선택.

루인이 그런 그녀의 행동을 이해하기까진 꽤 긴 시간이 필요했다.

지금은 알고 있었다.

이 여인이 모든 것을 이루고 난 후에 얼마나 피폐한 영혼으로 살았는지를.

내내 꿈꾸던 열망, 마침내 목적을 달성한 후에야 찾아온 공허.

그녀의 입은 쉼 없는 증오로 자신의 행위를 정당화했지만 그 끝을 조여 오는 감정은 결국 그리움이던 것.

죽은 오빠를, 누구보다 거대했던 자신들의 사자왕을 소에 느는 죽을 때까지 그리워하고 있었던 것이다.

"난……."

가질 수 없는 것에 대한 갈망만으로 살아온 영혼.

그런 소에느의 갈망이 모두 채워졌을 때 그녀의 삶은 무가치해졌다.

그녀는 가문을 제대로 경영하지 못했다. 그저 견디며 살았을 뿐이었다.

막연하게 상상해 온 꿈을 이루었지만 정작 그 이후를 그녀는 생각해 보지 않았었다.

"그게 당신의 한계지. 죽도록 사자의 권력을 갈망했지만 정작 그 권력을 이용해 무슨 가치를 꿈꿀지를 생각해 보지 않은 것. 그래서 당신은 이 가문에 끔찍한 재앙이다."

충격으로 굳어진 소에느.

"당신의 꿈은 그저 가져 보지 못한 것에 대한 갈망이 다였다. 무수한 기사들을 품어 왔던 그 엄청난 재능으로 고작 그런 걸 위해 달려온 것이지."

소에느는 입을 열어 반박할 수가 없었다.

그의 말대로 자신의 꿈은 사자의 권위, 하이베른가의 정점만이 다였다. 정말로 자신은 그 이후를 생각해 본 적이 없었다.

그런 깨달음이 너무도 충격적이라, 루인의 차가운 눈빛 앞에서 모두 벌거벗겨진 것만 같은 기분이 들었다.

"당신을 따랐던 수많은 기사들이 당신의 실체를 알았다면 어떤 기분일까. 과연 당신은 그들의 신념을 짊어진 주군으로

서 합당한 베른인가."

베른(Baron).

그 무거운 이름 앞에 결국 소에느는 주저앉고 말았다.

지난날이 모두 부정되는 듯한 그 처참한 마음을 감당할 수 없었기에 흐느꼈다.

어째서 지금에 이르러서야 알게 되었을까.

자신이 지나온 삶이란 한낱 오빠와 가문을 향한 어리광일 뿐이었다는 것을.

눈물로 범벅이 된 소에느의 두 눈이 느릿하게 간수의 허리 춤을 향한다.

간수의 날카로운 검.

자신의 이상(理想)이 무가치했다는 것을 깨닫게 된 인간은 늘 그렇듯 스스로 죽음을 종용하기에.

루인이 피식 웃었다.

"당신은 정말 끝까지 식상하군. 고작 그런 결말을 떠올리다니."

소에느의 힘없는 얼굴이 루인을 올려다본다.

"가문이 당신에게 원하는 것은 속죄나 참회 같은 식상한 것이 아니야."

"……"

이해하지 못하겠다는 듯 멍한 표정의 소에느.

"생명이 다하는 순간까지 나아가는 것이 베른의 신념. 과

정이 미욱하든 결과가 초라하든 상관하지 않아. 기사의 기사
도란 본래 완성의 개념이 아니지."

"……기사?"

피식.

"결혼을 포기할 정도로 베른의 성을 버리지 못한 것은 그
마음에 기사가 되고 싶다는 욕망도 조금은 있었던 것이 아니
었나?"

아니, 그런 것이 아니었다.

베른가의 혈족 지위를 포기하기엔 자신의 야망이 너무 컸다.

분명 대공자도 자신이 지나온 야망의 세월을 모르지 않을
텐데 갑자기 왜 저런 말을 쏟아 내는 거지?

"진짜 속죄하고 싶다면 지금부터라도 당신의 가치를 찾아."

고작 비참한 자살 따위가 그녀의 마침표라면 아버지는 견
딜 수 없을 것이다.

간신히 증오를 삼키며 버텨 온 아버지의 사랑이 그렇게 무
가치하게 변하도록 루인은 내버려 둘 수가 없었다.

'대공자…….'

소에느는 붉어진 루인의 얼굴을 멍하니 쳐다보았다.

그가 힘겹게 집어삼키고 있는 감정의 정체가 무엇인지 그
녀는 곧장 깨달을 수 있었다.

"정말로 대공자는 이 나를…… 이 소에느를……."

"개소리하지 마. 난 당신을 용서한 적이 없어."

어느새 돌아선 채로 어깨를 떨고 있는 루인.

"다만 배덕자들이라도 고쳐 써야 하는 이 상황이 엿같을 뿐이지."

'오빠……?'

소에느는 무심하고 차가운 루인의 목소리에서 문득 오래 전의 추억이 떠올랐다.

대공자 카젠.

이제 보니 저 뒷모습, 저 목소리는 그 옛날 자신의 오빠와 참으로 많이 닮아 있었다.

'이 두 손으로……'

벌벌 떨리는 손.

자신은 그런 오빠의 가장 소중한 여자를 직접 죽였다.

소에느의 처연한 목소리, 끓는 듯한 그녀의 참회가 마침내 터져 나왔다.

"루인. 미안해 정말 미안해. 나는…… 이 나는……"

루인의 얼굴이 악마처럼 일그러진다.

그러나 그의 입에서 끝내 증오가 흘러나오진 않았다.

회귀 후, 그가 겪는 중요한 내적 변화였다.

◆ ◈ ◆

감옥을 빠져나와 다시 지하 미로의 초입에 도착했을 때.

루인의 뇌리에서 샤이로벨의 다급한 영언이 울려 퍼졌다.

-잠깐! 기다려라!

순간 발길을 멈추는 루인.

당혹감마저 느껴지는 그의 반응에서 뭔가 일이 벌어졌음을 깨달았기 때문.

샤이로벨은 웬만한 일로는 결코 쉽게 동요하지 않았다.

"말해 봐 샤이로벨."

-저기 아득히 깊숙한 곳. 미약하지만 이질적인 영혼이 느껴진다.

"이질적인 영혼?"

샤이로벨이 이런 모호한 표현을 쓸 때는 그 대상을 파악할 수 없다는 뜻.

그렇다면 최소한 인간은 아니라는 의미였다.

"영혼의 격(格)도 느껴지지 않는다고?"

-모른다. 끝없이 모호하고 이질적이다. 이건 마치 존재해선 안 될…… 혹시 이건 착각인가?

루인은 그런 쟈이로벨의 반응에 깜짝 놀랐다.

쟈이로벨은 고고한 자의식이 하늘에 닿아 있는 마신.

그런 존재가 자신의 판단을 착각이라 말할 정도라니.

녀석의 엄청난 지식과 경험으로도 해석할 수 없는 상황을 마주한 것이다.

"음……."

마신조차 살필 수 없는 영혼의 기질이라.

이건 거창하게 대마도사로서의 마인딩도 필요 없는 일이었다.

지하 감옥에 얽힌 역사, 일의 전후를 살핀다면 경우의 수는 단 하나.

루인은 떠오르는 웃음을 참을 수 없었다.

"선조들께서 허탈하시겠군."

대공국의 역량을 모두 동원하고도 끝내 찾지 못한 시조의 유산.

자신은 지금 그런 엄청난 유산의 실마리를 잡은 것이었다.

"거리는?"

-아직은 온전히 파악할 수 없다. 방향은 저쪽이다.

쟈이로벨의 의지가 가리키고 있는 곳.

그곳은 깊이를 알 수 없는 무저갱, 끝도 없이 이어진 미로의 초입이었다.

우우우웅-

루인의 주위로 핏빛 아지랑이가 피어오른다.

망설임 없이 생명력을 치환해 마신의 역량, 혈주마공을 일으킨 것이다.

-네놈! 또 그 짓을?

아랑곳하지 않고 미로로 진입하는 루인.

지금은 수명을 걱정할 때가 아니었다.

혈주마공으로 잃은 생명력은 전생의 경지를 회복하면 대부분 상쇄된다.

초인을 초월하는 순간 수명이 비약적으로 상승하기 때문.

지금으로선 최대한 시간을 효율적으로 활용하여 과거의 경지를 회복하는 것이 급선무였다.

베른의 시조 '사홀'의 유산이 확실하다면 어떤 형태로든 자신과 가문에게 도움이 될 것이 분명했다.

스스스스스-

루인의 신체가 핏빛 아지랑이와 함께 속도를 내기 시작했다.

허공을 부유하는 유령처럼 부드럽게 나아가고 있었지만 그 속도란 가공 그 자체.

칠흑 같은 어둠 속으로 물 흐르듯 나아가는 그의 모습에 쟈이로벨은 혀를 내두를 수밖에 없었다.

그 능숙함이 자신 못지않았기 때문.

-왼쪽에서 세 번째.

-오른쪽에서 두 번째.

-첫 번째 미로다.

수도 없이 나타나는 갈림길.

거꾸로 지상으로 나가려면 지나온 모든 길을 외워야 했다.

그렇게 한 시간쯤 지나자 루인은 머릿속이 아득해질 지경
이었다.

"아직도 멀었어?"

-남은 거리의 절반도 이르지 않았다.

대마도사의 뛰어난 의식 체계로도 더 이상은 연산이 힘들
정도.

애초에 거미줄처럼 얽혀 있는 지하 미로를 모두 외우는 일
은 인간의 힘으로 불가능한 것일지도 몰랐다.

결국 루인은 혈주마공의 운용을 포기하고 걸어가기 시작
했다.

더 이상은 암기가 힘들었기에 표식을 새기며 나아가기 위

함이었다.

화르르르르르-

허공에 소환된 마나홀.

아직은 체계가 없어 마법을 펼칠 수는 없었지만 자신의 마나에 담긴 독특한 잔향, 마력흔(魔力痕)을 남길 정도는 충분했다.

그렇게 얼마나 걸었을까.

언제부턴가 시간을 가늠할 수 없었다.

루인은 자신의 인지 체계에 문제가 생겼다는 것을 곧바로 깨달을 수 있었다.

"허억…… 허억……."

희박한 공기.

거칠게 숨을 몰아쉬던 루인은 한계에 이른 자신의 호흡을 가까스로 가다듬었다.

"허억! 허억! 미친!"

공기가 희박해질 정도의 깊이까지 이어진 미로라니!

지하 미로의 규모가 생각보다 너무 거대했다.

자꾸만 아득해지는 정신.

이대로 계속 나아간다면 자신의 뇌는 치명적인 타격을 입게 된다.

'안 돼. 포기다.'

아직 쟈이로벨은 진마력을 회복 중인 상태. 만에 하나 일이 잘못된다면 여기서 끝장이었다.

　어떻게 얻은 삶인데 고작 시조의 유산 하나 때문에 모든 일을 그르칠 순 없었다.

　-루인!

　'말해.'

　루인은 굳이 입을 열어 대답하지 않았다.

　최대한 호흡을 아껴야만 하는 상황.

　말을 하는 것조차 지금은 사치였다.

　-그것이 오고 있다! 미로의 지형을 모두 무시하며 직선으로 오고 있다! 상상할 수 없는 속도! 위험······!

　지형을 무시하고 직선으로 오고 있다고?

　루인이 경악하며 감각을 곤두세웠다.

　하지만 아무런 소음도 충격도 느껴지지 않았다.

　그때.

　〈넌 뭐야?〉

　찢어질 듯이 떠진 루인의 두 눈이 전방을 응시한다.

그러나 자신에게 말을 건넨 이는 존재하지 않았다.

물리적인 형태가 보이지 않았다.

타오르고 있는 마나홀로 아무리 사방을 비춰 봐도 도저히 상대의 정체를 살필 수가 없었다.

〈……인간이야? 하지만 인간이라기엔 너무 복잡한데?〉

이건 영언도 아니다.

의식을 가르고 침범해 오는 어떤 '의지.'

순간 쟈이로벨이 경악했다.

-영혼이 아니라고?

나타난 상대에겐 영혼의 기질이 느껴지지 않았다.

영혼이라면 반드시 고유의 울림, 향이 존재했다.

-루인! 이것은!

'알아. 사념(思念)이다.'

루인이 뿌드득 이를 갈았다.

인식계(認識界)에 사념을 남길 수 있는 힘.

초인을 초월했던 자신조차 닿지 못한 미증유의 경지.

대마도사 루인이 결코 도달해 보지 못한 이 아득한 형태는 과거의 '그'가 자신을 자주 조롱하던 방식이었다.

하나 '그'는 아니었다.

의식을 침범해 오는 순간 느낄 수 있었다.

어떤 형태의 악의도 없음을.

느껴지는 것은 오직 순수한 호기심 그 자체였다.

〈영혼이 둘이라고? 어떻게 그럴 수가 있어? 너, '존재'들 중 하나야?〉

놀람은 루인 쪽이 더했다.

마신 쟈이로벨이 영혼이라 착각할 정도로 강력한 사념이라면 본체의 경지가 어느 정도일지 상상도 되지 않았기 때문.

〈아니야? 하긴 네가 '존재'라면 이렇게 약할 리가 없어. 하지만 참 특이해. 이렇게 쓸쓸하고 슬픈 느낌이라니. 말해 봐. 네게 무슨 일이 있었던 거야? 마계 냄새 잔뜩 풍기는 너 말고, 바로 너!〉

그때.

스스스스스-

자줏빛 기운과 함께 쟈이로벨이 현신했다.

허락하지도 않았는데 제 스스로 루인의 영혼 밖으로 빠져
나온 것이었다.

〈우와! 너처럼 개같이 생긴 마족은 처음 봐! 이쪽 세계에
서 이만한 존재감을 떨칠 정도면 꽤 수준이 높은 놈이겠네?
혹시 마왕? 그런데 너무 오래 시간을 끌면 알지? 너 그러다
'존재'들한테 들키면 맞아 죽는다?〉

안 그래도 섬뜩한 쟈이로벨의 얼굴이 더욱 잔혹하게 구겨
진다.

〈찌, 찢어 죽일!〉

쟈이로벨은 자신의 가슴에 불을 지피고 있는 상대의 말투
를 통해 확신하고 있었다.
묘하게 성질을 긁어 오는 저 가벼움.
찢어발기고 싶은 저 이죽거림.

〈확실하구나! 네놈!〉

쟈이로벨이 치를 떨며 두리번거렸다.

〈네놈을 졸졸 따라다니던 그 개같은 드래곤 놈은 어디 있느냐? 오늘 내 본체를 소환해서라도 네놈들을 갈아 마실 것이다!〉

드디어 루인은 사념의 정체를 깨달았다.

저 고고한 마신에게 치욕을 안긴 최초의 인간.

샤이로벨로 하여금 베른가에 숨어들어 후손을 괴롭히도록 만든 진정한 원흉.

최초의 사자(獅子).

인류 역사상 가장 강했던 기사(Knight).

'존재'들의 위상에 근접했던 자.

사흘 르마델 비세리스마 베른.

다름 아닌 그 위대한 기사의 사념인 것이었다.

〈나를 알아? 그런데 드래곤이 뭐지? 또 어째서 화를 내는 거야? 다 널 위해 해 준 말인데.〉

〈크하하하하! 바보 흉내를 낸다고 살 수 있을 성싶으냐? 사념이라는 것을 알게 된 이상 네놈의 육체와 영혼을 찾는 것쯤은 이 마신에겐 식후 소일거리……!〉

흉포한 샤이로벨의 웃음이 순식간에 멎었다.

〈뭐, 뭐야! 네놈은 이미!〉

사념과 이어진 영혼이 느껴지지 않는다.

〈……죽었다고?〉

쟈이로벨은 사흘이 죽는다는 것을 상상해 본 적이 없었다.

수명은 놈에겐 아무런 의미도 되지 못했다.

놈은 '존재'들의 인정을 받을 만큼 엄청난 경지를 이룩한 인간.

루인이 말하고 있는 과거의 '그'가 얼마나 대단한지는 몰랐다.

그러나 자신이 경험한 인간들 중 가장 강력한 존재는 바로 사흘이었다.

베른가를 괴롭혀 온 이유 역시 언젠가는 그가 후손들을 외면하지 않고 나타날 거라는 믿음이 있었기 때문.

아무리 생각해도 그를 소멸시킬 수 있는 존재를 쟈이로벨은 떠올릴 수 없었다.

그는 세계의 주시자이며 존재들의 비호를 받는 종족, 드래곤보다도 훨씬 강했으니까.

〈……어떻게 사념이 유지될 수가 있지?〉

사흘이 죽었다는 충격보다도 더 놀라운 것.

그것은 영혼이 사라진 존재의 사념이 소멸이 되지 않고 유지되고 있다는 점이었다.

쟈이로벨의 어떤 지식과 경험으로도 눈앞의 상황을 설명할 길이 없었다.

〈그놈의 사념 사념! 도대체 사념이 뭐야? 난 그냥 비세리스마를 찾고 싶을 뿐이라구! 음? 그런데 비세리스마는 누구였지? 아! 너무 어지러워! 자고 싶어!〉

루인의 진중한 눈빛.

마치 어린아이와 같은 사흘의 사념에서 짐작할 수 있는 것은 그리 많지 않았다.

그는 자신의 정체조차 모르고 있었고 기억은 더욱 뒤죽박죽인 듯 보였다.

'사흘······.'

쟈이로벨이 이렇게 빨리 그의 정체를 파악했다는 것은 저 아이처럼 순수한 마음이 생전의 성향이라는 뜻.

가문의 초상화.

세상을 뒤덮을 만큼의 강렬한 눈빛으로 고고하게 대지를 굽어보던 하이베른가의 위대한 시조.

아득한 전설로 가득한 그의 생애나 위상을 고려했을 때 이질적으로 느껴지는 것은 당연한 것이었다.

〈마족! 넌 저리 가! 이제 그 불결한 얼굴은 꼴도 보기도 싫어! 난 이 아이와 친해지고 싶거든?〉

한참을 우두커니 서 있던 쟈이로벨.
하는 수 없이 그는 현신했던 강림체를 회수하며 루인의 영혼 깊숙한 곳으로 되돌아갔다.
허탈하고 공허했는지 그는 더 이상 아무런 말도 하지 않았다.

〈울지 마. 나까지 눈물이 나려고 한단 말이야. 넌 왜 그렇게 슬프기만 하니.〉

인상을 찡그리는 루인. 사흘의 사념이 자신의 뭘 보고 저러는지를 도무지 이해할 수가 없었다.

〈그런데 나 지금 너무 잠이 오거든? 혹시 네게 몸을 뉘여도 될까? 너라면 편할 것 같아.〉

본능적으로 섬찟함을 느낀 루인이 거칠게 소리쳤다.
"안 돼!"

〈미안해.〉

인간의 영혼엔 한계가 있었다.

쟈이로벨 하나만으로 벅찬 마당에 다른 의식까지 받아들이게 된다면 자칫 정신이 붕괴할 수도 있는 위험천만한 상황이었다.

그런데 의식을 파고드는 목소리가 더 이상 들리지가 않았다.

루인이 황급히 자신의 정신계를 점검하기 시작할 무렵.

-이, 이런 미친 새끼!

눈 깜짝할 사이에 루인의 정신에 뿌리처럼 자리 잡아 버린 사홀의 사념.

곧장 쟈이로벨이 피를 토하듯 절규하기 시작했다.

-끄아아아아아아아! 도대체 너란 인간은 천 년이 지나서도 나한테 왜 이런단 말이냐!

사홀과 함께 지낸다는 것.

그것은 쟈이로벨에게 죽음의 고통과 맞먹는, 아니 어쩌면 그 이상의 형벌이었다.

유폐지로 돌아온 루인의 얼굴이 처참하게 일그러져 있었다.

그가 마법사인 이상 갑자기 맞닥뜨린 변수가 달가울 리 없었다.

그것도 사소한 변수가 아닌, 자신의 정신 체계에 문제를 일으킬 소지가 큰 '사념의 침범'이라니.

더욱 화가 나는 것은, 그런 엄청난 위험성을 감당할 만큼 얻을 수 있는 것이라도 있다면 모르겠는데 그것도 아니라는 점이었다.

아득한 전설과는 달리 자신의 시조에게서 관찰되는 것은 오직 자아의 혼란뿐이었다.

정체성마저 잃어버린, 그저 온갖 기억으로 뒤죽박죽된 사념의 편린들.

그런 파편 같은 선조의 사념에서 유산을 바란다는 것은 차라리 도박에 가까운 일이었다.

이렇게 된 마당에 그의 검술이라도 가문에 전달하고 싶었지만, 아무리 생각해 봐도 그럴싸한 방법이 떠오르지 않았다.

-으아아아! 젠장! 빌어먹을!

또 하나의 부작용은 쟈이로벨이 겪고 있는 정신적인 충격.

견딜 수 없다는 듯, 쉴 새 없이 비명과 욕설을 내뱉고 있는 샤이로벨 때문에 루인은 머리가 터져 버릴 지경이었다.

"그만 좀 해. 벌어진 일을 이제 와서 어쩔 거야."

　-으으으으! 넌 이 빌어먹을 놈이 내게 무슨 짓을 한지 제대로 알긴 아는 것이냐?

"궁금하지도 않아."

　그나마 다행스러운 것은 사흘의 사념이 별다른 반응 없이 깊이 잠들어 있다는 것.

　루인은 최대한 그가 오래 잠들어 있기를 바라면서 다음 계획을 골몰하기 시작했다.

　그때, 데인이 문을 벌컥 열고 들어왔다.

　날카롭게 신경이 서 있던 루인이 인상을 찡그렸다.

"형제라 하나 엄연히 가문의 예법이 있다. 매번 이렇게 날 놀라게 할 작정이냐?"

　루인은 하이베른가의 대공자.

　시종에게 알리지도 않고 대뜸 방문을 열고 들어오는 것은 가주라고 해도 함부로 할 수 없는 행동.

　하지만 데인은 가문의 예법 따위를 신경 쓸 겨를이 없었다.

"……형님의 뜻입니까?"

"갑자기 무슨 소리냐?"

데인이 차가운 얼굴로 걸어가 창문을 활짝 열었다.

창밖으로 드러난 풍경.

기사와 군마들, 그리고 깃발들이 끝없이 모여들고 있었다.

"영지 전쟁 말입니다."

대답 없이 창밖의 광경을 묵묵히 바라보는 루인.

최정예 기사들과 가문의 방계들, 그리고 하이베른가의 가신 집단, 봉신가(封臣家)들이 위세를 드리우며 가문으로 입성하고 있었다.

리타의 파수꾼 자칸가(家).

포돔의 철혈 가스토가(家).

보리스의 수호자 에올리타가(家).

그 옛날의 가언과 맹약에 따라 베른가를 향해 충성을 맹세한 가문들.

하지만 공작령 아래 속하지 않았더라면 충분히 왕국의 쟁쟁한 이름에 속할 수 있는 가문들이었다.

"무슨 바보 같은 소리냐. 저들을 움직일 수 있는 힘은 오직 가주의 인장뿐이다."

형의 말에 진득하게 입술을 깨무는 데인.

형이 자신을 시험하는 건지 바보 취급하는지를 알 수가 없다.

하이베른가의 천 년 역사.

단 한 번도 영지전을 벌여 본 적이 없는 옹골찬 신념의 가문.

그런 베른가의 가주가 영지전을 각오할 리가 없다.

아버지의 가주인을 움직인 힘은 분명 자신의 형, 대공자의
의지다.

"절 바보로 여기십니까. 형님의 뜻임을 모르지 않습니다."

루인의 입매가 흡족한 미소를 그렸다.

날이 갈수록 가파르게 성장하는 그가 마음에 들었기 때문
이다.

"그래. 네 생각도 아버지와 같은 것이냐?"

"영지전은 곧 왕국의 내전. 왕명 없이 본 가의 힘을 함부로
투사할 수는 없습니다."

과연 하이베른가의 기사다운 그의 대답.

아버지와 똑같은 반응을 보이는 동생을 루인은 굳이 어리
석다 힐난하지 않았다.

그에게 베른가의 신념은 당연한 것이고 또 그것이 자신과
는 다른 그의 길.

루인은 아버지에게 그랬던 것처럼 데인에게도 담담하게
말해 주었다.

다리오네가가 처한 상황.

파네옴 광산에 얽힌 이권의 공백.

그것을 차지하기 위한 세헬가의 계획.

그런 세헬가를 암중으로 조종하는 가문의 정체까지.

단편적인 정보들을 조합하고 추론하여 결론에 이르는 그
모든 자신의 생각을 아버지에게 했던 것보다 더욱 상세하게

설명했다.

"……"

데인이 멍하니 형의 얼굴을 바라보고 있었다.

이걸 과연 인간의 지혜라고 말할 수 있는 수준인 건가?

간단한 설명만 한 번 들었을 뿐인데 렌시아 놈들을 향한 적의로 들끓는다.

영지전은 필연적이었으며 무엇보다 우선시되는 것은 '속도'.

1왕자가 왕성에 입궁하는 순간 왕실의 의지를 대리한다는 베른가의 명분을 잃게 될 수도 있었다.

상대는 그만큼 치밀했으며 권력 또한 드높았다.

문득 데인은 전율이 일어났다.

"설마 이 모든 걸 처음부터 계획한 겁니까?"

자신의 형은 가주의 권한을 무시한 채 독단적으로 1왕자와의 협상에 임했다.

그를 통해 얻은 왕실의 재가.

그 협상 결과가 없었더라면 영지전은 반드시 피를 부를 수밖에 없었다.

하지만 지금의 베른가는 왕실의 권위를 등에 업은 상태.

분명 형은 1왕자를 만나기 전부터 이 모든 일을 계획한 것이 틀림없었다.

자신이 아는 형은 반드시 필요한 일이 아니라면 아버지의 권위를 무시할 위인이 되지 못했다.

"그렇다."

"아……."

솔직담백한 형의 대답에 데인은 질문을 이어 갈 수 없었다.

대체 어떻게 하면 저런 형의 지혜를 따라잡을 수 있을지 아득해지기만 했다.

멍한 얼굴로 굳어져 버린 동생을 향해 루인이 알듯 모를 듯한 미소를 흘렸다.

"매일매일 날씨를 예측할 수 있는 인간은 없다. 가능하다고 말하는 자가 있다면 그자는 사기꾼이지."

데인을 바라보는 루인의 눈빛은 어느덧 심연처럼 가라앉아 있었다.

"하지만 인간은 계절을 예측하여 경작을 한다. 달라진 습도, 강수량의 변화, 방향을 바꾼 바람, 대지의 냄새…… 그 모든 정보로 계절의 변화를 인식할 수 있는 것이다."

동생이 자신의 말에 놀랍도록 집중하자 루인의 목소리가 더욱 또렷해졌다.

"이상하지 않느냐? 그날의 날씨조차 알지 못하는 인간이 계절을 예측한다? 걸음마도 떼지 못한 아이가 뛰는 격이지. 학문적인 인과만을 따진다면 농담같이 들릴 것이다. 이치에 맞지 않아."

루인의 두 눈.

도저히 측량할 수 없는 혜안, 형의 그런 아득함에 데인은 끝없이 빠져드는 것만 같은 착각이 들었다.

"습도가 달라졌다. 축축하군. 바람이 북풍으로 바뀌었다. 옷을 두껍게 입어야겠군. 흙냄새가 진해졌다. 어제 비가 왔겠군."

"……."

"이렇듯 정보들을 하나하나 뜯어보면 가치가 별로 없지. 하지만 이 모든 걸 귀납한다면?"

데인이 눈을 반짝인다.

"귀납(歸納)이요?"

"그래 데인. 이 모든 정보들을 멀리서, 보다 깊게 관찰하고 끈질기게 추적하여 거시적인 현상, 즉 실체를 유도한다. 그것이 계절을 예측할 수 있는 힘, 귀납의 지혜다."

"아……!"

루인의 두 눈이 저 멀리 성곽 너머 푸르른 영지를 훑고 있었다.

"귀납의 지혜로 인간들이 한 일들을 보아라. 경작을 하여 부(富)를 일구었다. 그 부는 가문으로 왕국으로 이어져 역사에 존재해 온 어떤 종족도 꿈꾸지 못했던 찬란한 문명을 이룩했다. 그것이 인간이 지닌 무서운 힘, 지혜다."

데인은 형의 말에 크게 깨달은 바가 있어 놀라면서도 한편으로는 허탈해하고 있었다.

사람임이 의심되던 형의 아득한 지혜.

한데 그런 현명함이 한낱 계절을 가늠하는 농부의 감각과 동일한 것이라니.

"아직도 어려운 것이냐?"

형의 웃음 섞인 질문에 데인이 서둘러 허탈한 감정을 지워내며 뒷머리를 긁적였다.

"아, 아니요. 오히려 너무 간결해서 더 복잡해지는 느낌입니다."

씨익.

"그것이 앎의 속성, 지혜란 놈의 마성(魔性)이지. 알지 못할 때는 안개를 헤매는 것처럼 답답하기 짝이 없지만, 정작 알게 되면 너무 간단하여 왜 이걸 몰랐을까 싶거든."

문득 루인이 창밖을 시선으로 가리키며 다시 데인을 향해 입을 열었다.

"배웠으니 써먹어야지. 너는 저기 물밀듯이 밀려오는 방계와 봉신가들의 행렬을 보고 어떤 귀납의 지혜를 발휘하겠느냐."

형의 시선을 좇아 끈질기게 창밖을 살피는 데인.

하지만 그 풍경은 그저 기사들의 기다란 행렬일 뿐이었다.

대 하이베른가의 용맹한 봉신가들답게 깃발을 휘날리며 위풍당당하게 입장하고 있는 기사들.

병참을 옮기느라 정신없는 하인들과 간간히 들려오는 기합 소리, 절도 있는 경례, 병장기들의 마찰음.

아무리 살펴봐도 특별할 것 하나 없는, 그저 출정을 준비하는 평범한 기사들의 광경이었다.

대체 무엇을 보고 또 가늠하라는 건지, 아무리 눈을 부릅뜨고 살펴도 형의 질문에 담긴 의도를 파악할 수가 없었다.

"하하. 녀석."

잔뜩 미간을 구긴 채 입을 열지 못하는 동생을 바라보며 예상이라도 한 듯 미소 짓는 루인.

"저들의 말을 봐라. 최고로 날랜 전마들이다. 무구들 역시 모두 새 가죽으로 덧대어 빠짐없이 기름칠을 했구나. 병장기들도 모두 날카롭게 날을 세웠다."

출정에 앞서 만반의 준비를 하는 것은 기사의 기본.

데인은 도대체 그것이 뭐가 문제냐는 듯 고개를 갸웃거리고 있었다.

"형님. 출정에 앞서 무구와 말, 병기를 다듬는 건 기본 중의 기본입니다."

루인의 투명한 눈빛이 그들의 펄럭이고 있는 깃발을 향했다.

"그래 데인. 네 말대로 기사의 본분으로 끝냈어야 했다. 허나 저들은 굳이 각자의 가문기(家門旗)를 깃대에 걸었다. 자신들의 가언을 덕지덕지 새겨 넣은 예복을 입고, 필요 이상의 종자들을 데려왔다. 굳이 베른가가 요구한 병력보다 더 많이, 더 화려하게 자신들을 드높였다."

데인의 시선이 형의 날카로운 표정을 훑었다.

입매에 걸린 비틀린 미소, 읽을 수 없는 형의 눈빛에 순간적으로 몸이 움찔거렸으나 의문은 해소되지 않았다.

"저들은 하이베른가의 봉신가입니다. 가문의 위세를 떨칠 자격이 있습니다. 그것을 흠이라고 말할 수는 없잖습니까?"

"평소라면 상관없겠지."

"예?"

순간, 루인의 얼굴에 스산한 감정이 스친다.

"문제는 바로 저들의 아버지와 아들들이 지금 지하 감옥에 있다는 것이다."

비로소 데인은 형의 진의를 파악할 수 있었다.

그의 눈빛이 어느덧 루인처럼 차갑게 변하고 있었다.

"가문은 배덕자들을 단죄했다. 한데 저들은 근신하기는커녕 위세를 드높이고 있구나. 가문의 자비에 감사하지도 허리를 숙이지도 않고 있다. 지금 저들의 행동이 뭐라고 생각되느냐."

데인이 이를 깨문다.

"시위입니다."

"그렇다. 힘을 잃은 너희들과는 달리 우리는 건재하다. 십 년 이상 우리가 쌓은 힘을 무시하지 못할 것이다. 이제야말로 우리가 주류. 그러므로 우리의 아버지, 아들들을 석방하라."

터질 듯이 주먹을 말아 쥐는 데인.

삽시간에 타오른 그의 분노가 눈앞의 모든 봉신가들을 집어삼킬 듯 거대해졌다.

한데 루인, 그가 피식 웃으며 동생의 등을 쓰다듬고 있었다.

"넌 화낼 자격이 없다. 저들의 괘씸한 생각을 읽지도 못하지 않았느냐."

툭툭.

동생의 어깨를 두드리며 멀어져 가는 루인.

"지금의 분노는 내 것이다 데인."

저벅저벅.

멀어져 가는 등, 참으로 거대하게 느껴지는 형의 뒷모습에
데인은 헛웃음이 나왔다.

비로소 깨달은 것이다.

그의 지혜를 흉내 내고 싶어도 그럴 수 없다는 것을.

자신은 차가운 북풍 앞에서 옷을 여밀 뿐이다.

잦은 비에 몸을 추스를 뿐이다.

그런 현상들이 계절의 변화임을 분별할 수 있는 능력.

가장 중요한 '안목'이 자신에겐 없었다.

"제길."

데인이 죽어라 입술을 깨물며 형의 뒤를 밟았다.

더욱 바짝 붙어 그의 모든 것을 배워야만 했다.

Chapter. 11

하이베른가를 상징하는 청동 사자상.

그런 사자상만큼이나 거대한 기수의 권좌.

왕국의 기수 카젠.

그가 육중한 금린사자기를 거머쥔 채 기사들을 오연히 굽어보고 있었다.

강철 갑주와 붉은 휘장, 사홀의 용맹으로 중무장한 하이베른가의 사자왕.

과거의 권위를 모두 회복한 그의 모습에 봉신가와 방계의 기사들이 무겁게 침묵하고 있었다.

그리고 그 모든 것을 지켜보고 있는 데인.

'형님······?'

권좌의 오른편.

청동 사자상을 매만지고 있는 루인이 자신을 바라보며 웃고 있었다.

그런 형의 미소가 무엇을 뜻하는지 데인은 알 수 없었다.

누구보다 분노하고 있어야 할 사람이 웃고 있다니.

그런 형이 천천히 걸어와 어느덧 자신의 곁에 섰다.

조용히 들려오는 형의 목소리.

"생각했던 것보다 상황이 꽤 괜찮구나."

데인이 형의 시선을 좇아 봉신가들과 방계들을 응시한다.

하지만 형이 무엇을 기꺼워하는지 끝내 읽을 수는 없었다.

여전히 그들은 충성인지 시위인지 모를 강렬한 눈빛으로 아버지를 바라보고 있다.

각자의 가문기를 손에 들고 시종들을 거느린 채 세력을 과시하고 있다.

온갖 치장으로 화려한 전마들.

최고의 갑주로 무장한 기사들.

아버지도 분명 저들의 선명한 의도를 느꼈기에 침묵하고 계실 것이다.

"아직도 모르겠느냐?"

"형님? 무슨······."

루인이 봉신가들을 훑었다.

"깃발 두 개가 비지 않느냐."

잠시 가문의 대열을 훑어보던 데인이 그제야 알아차린 듯 탄성을 터뜨렸다.

"아!"

봉화(烽火)와 법전(法典)을 상징하는 깃발이 없다.

르데오의 봉화, 소뷔에르가.

비스문트의 율령, 아를샤이어가.

오대봉신가(五大封臣家)들 중 둘의 깃발이 보이지 않았던 것이다.

"저기 기사 브리제가 있구나."

이제는 외팔이가 된 기사, 브리제 소뷔에르.

커다란 검을 등에 인 채 말고삐를 쥐고 있는 그를 바라보며 데인은 멍해질 수밖에 없었다.

"……브리제 삼촌?"

처음에 데인은 그가 말을 몰고 온 종자인 줄 알았다.

그는 무장이랄 것도 없었다.

그에겐 수의처럼 하얗게 바래진 튜닉 한 벌이 다였다.

"저자는 베울하든 경."

베울하든 경도 마찬가지.

폭풍 수호자라는 이명이 무색할 만큼, 그 역시 낡고 바래진 종군(從軍)의 복식을 하고 있었다.

그제야 데인이 집결한 기사들의 면면을 자세히 살피기 시작했다.

결국 그도 시종처럼 보이던 자들 중에 쟁쟁한 기사들이 숨어 있음을 파악했다.

"저들은 가문의 깃발을 내세우지 않았다. 자리에 연연하지 않고 그저 흩어져 대열에 속한 것이다."

다시 동생을 바라보는 루인.

"저들의 공통점이 무엇이냐."

"혈족대연회를 경험한 기사들입니다."

"그렇다. 좀 더 자세히 말하자면 지하 감옥에 갇히지 않고 가문으로 돌아갈 수 있었던, 즉 비교적 죄가 가벼웠던 기사들이지."

그제야 데인은 왜 두 가문이 종군의 복식으로 대열에 합류했는지를 이해했다.

"적어도 두 가문은 아버지의 건재함을 전해 들은 것이군요."

"그래. 정보의 격차 때문에 일어난 진풍경이지. 서광의 심판자라 불리는 오르테가 공이 저렇게 눈알을 굴리는 모습은 그야말로 진귀한 풍경이구나."

루인의 말대로 포돔의 철혈, 가스토가를 이끌고 있는 가주 오르테가 공은 쉼 없이 흔들리고 있었다. 그의 당황한 마음을 여실히 느낄 수 있을 정도로.

"역시 왕국의 기수, 사자왕의 이명은 대단하구나."

십 년은 긴 시간.

그럼에도 저들은 사자왕의 권위를 잊지 못했다.

뼛속까지 새겨진 공포, 자신들의 의식을 거머쥐고 있던 지배자의 권능 앞에 그들은 다시 몸을 떨 수밖에 없었다.

"……."

하지만 데인은 분노가 가라앉지 않았다.

봉신가들 중 일부라고 해도 달라지는 것은 없었다.

주인이 약해졌다는 것.

고작 그것이 천 년 이상 이어진 봉신가의 맹약을 저버릴 이유가 될 수는 없었다.

그럼에도 저들은 감히 자신들의 주인 하이베른가를 상대로 발톱을 드러냈다.

데인의 표정에서 강렬한 적개심을 읽은 루인이 그의 머리칼을 마구 헝클었다.

"저들을 단지 주인을 따르게 만들고 싶은 것이냐?"

"예?"

"개 주인이 되고 싶은 것이 아니라면."

싱긋 웃어 보이는 루인.

"저들에게 개의 길을 강요하지 마라. 데인."

데인이 그렇게 웃다가 멀어지는 형을 멍하니 바라보고 있었다.

저벅. 저벅.

워낙 고요한 탓에 대공자의 발소리는 크게 들렸다.

사자상을 넓게 돌아 권좌 앞에 다가서는 대공자 루인.

그를 알아본 몇몇 기사들이 각자의 무기를 갑주에 부딪혀 소리로 경례를 해 왔다.

루인이 사자전(獅子殿)을 가득 메운 기사들의 대열을 한 차례 훑더니 권좌를 향해 무릎을 꿇었다.

"가주님. 이제 모두 도착한 것 같습니다. 만찬을 베풀어 격려하면 좋겠지만 출정이 급한 만큼 서둘러 편제를 나누시고 사령관을 임명하시지요."

시선을 내리깔며 무심하게 루인을 쳐다보는 카젠.

그가 곧 슬며시 입가를 말아 올리며 호기심을 드러냈다.

루인이 다짜고짜 사령관부터 임명하자는 제안을 해 올 땐 반드시 이유가 있을 터.

분명 저 음흉한 아들에게 어떤 계획이 있는 것이다.

"대공자는 가까이 오라."

루인이 붉은 계단을 올라와 기사들의 시야를 가렸을 때 카젠의 입술이 더욱 기이하게 비틀렸다.

곧 그의 굵은 중지에서 커다란 반지가 떨어져 나왔다.

"대공(大公)의 인장을 대공자에게 잠시 위임하겠다. 대공자는 소신껏 기사단을 편제하고 사령관을 임명하라."

웅성웅성.

한순간에 군기가 흐트러질 정도로 동요하는 기사들.

모든 봉신가와 방계들이 모인 자리에서 한껏 권위를 드러낸 왕국의 기수가 갑자기 가주의 권한을 위임한다?

개중에는 대공자를 처음 보는 기사들도 있었다.

안 좋은 소문으로만 들어 왔던 이름뿐인 대공자.

그런 허수아비 대공자의 명령을 들어야 하는 상황이 그들의 입장에서 달가울 리 없는 것이다.

그들에게 대공자는 아무런 위업도 권위도 없는 존재였다.

얼굴을 와락 구긴 루인.

곧 그가 목소리를 낮게 내리깔며 아버지처럼 입매를 비틀었다.

"후회하실 텐데요."

"가주란 자가 언제까지고 대공자에게 놀아날 수는 없지 않느냐?"

루인은 머리가 지끈거렸다.

자신이 계획했던 그림을 갑작스럽게 틀어 버린 아버지.

아버지의 의도가 너무 노골적이라 헛웃음이 날 지경이었다.

가문의 모두에게 큰아들을 내보이고 싶은 것이다.

너무나도 달라진 대공자를 가문에 납득시키고 싶은 것이다.

그래서 누구도 인정해 마지않는 대공자로 못 박고 싶은 것이다.

하는 수 없었다.

결국 루인은 아버지의 뜻에 따라 대공의 인장을 자신의 손가락에 끼워 넣었다.

순간 깜짝 놀라며 의자를 움켜쥐는 카젤.

대공의 인을 취하자마자 루인은 다른 사람이 되어 있었다.

그의 얼굴에 상상할 수 없는 권위가 내려앉는다.

그저 바라보는 것만으로도 온몸의 털이란 털은 모조리 서 버릴 정도로.

천 년 대공가, 그 무거운 권좌를 순식간에 짊어진 것이다.

그런 루인이 어느덧 대열을 응시하고 있었다.

"갑주를 걸치지 않은 기사들은 모두 앞으로 나오라."

서슬 푸른 목소리, 그야말로 압도적인 시선이 자신들을 훑어 온다.

종군의 복식을 한 기사들이 일제히 앞으로 나서며 부복했다.

"충! 하이베른가에 영광을!"

"명을 받듭니다!"

그들은 기사의 신념을 파고들던 대공자의 칼날 같은 논리와 정의를 기억하고 있었다.

혈족대연회를 압도하던 대공자의 모습.

기사로서의 수모, 그런 부끄러움은 어쩌면 그들에게 피의 숙청보다 더한 절망이었다.

"기사 브리제."

루인의 호명을 받은 브리제가 몸을 낮추며 예를 표했다.

"브리제, 하명을 기다립니다."

"누가 그대에게 개죽음을 허락한 것인가."

해부할 듯이 조여 오는 루인의 시선.

브리제는 루인의 말에 담긴 진의를 파악하지 못해 계속 허리만 숙이고 있을 따름이었다.

"하이베른은 그대에게 죽음을 종용한 바 없다."

"그 말씀은……."

그제야 깨달은 듯 경악하는 브리제.

"이 브리제에게 전투를 허락하신다는 말씀이십니까?"

하이베른가는 결코 살가운 검가가 아니었다.

반역을 꾀했던 자신이 다시 전장에 나가 공을 세울 수 있다는 생각은 꿈에도 해 보지 않았다.

그렇게 기사로서 생명이 끝났다고 생각해 온 브리제에게 루인의 말은 기적이나 다름없었다.

"하이베른가는 나약한 기사에게 소집을 명하진 않는다. 그대들에게 베른가의 무구 창고를 개방할 것이며 그대들은 출정 전에 충분한 무장을 갖추게 될 것이다."

반역자였던 자신들.

허드렛일이나 하며 전장을 지원할 것이라 생각했건만 다시 전장을 누빌 수 있다니!

브리제가 가늘게 어깨를 떨었다.

"제…… 제가…… 아직 기사란 말입니까?"

"그대가 등에 이고 있는 것이 무엇인가?"

부들부들.

"검……입니다."

"그래 검이지. 도대체 무슨 소리를 하고 있는 건지 모르겠군."

이내 피식 웃는 루인.

"설마 팔이 하나가 됐다고 해서 붉은 눈의 기사, 전장의 사신으로 불리는 자가 나약해진 건 아니겠지?"

어느덧 브리제의 붉은 눈이 강렬한 기사의 의지로 타올랐다.

"그럴 리가 있겠습니까. 명하신다면 상대가 신들이라고 해도 모조리 베어 넘기겠습니다."

"훌륭하다. 전장에서 그대의 검은 또 한 번 나아갈 것이다."

대공자의 그 말에 브리제의 두 눈에서 굵은 눈물이 뚝뚝 떨어졌다.

-혹시 그것마저 잊어버렸나? 정신이 함께 성장하지 않는 기사의 검이란 결국 한 발자국도 나아가지 못한다는 것을?

가슴속에 알알이 박혀 있던 대공자의 목소리.

그랬던 그가 이제 자신의 검이 나아갈 수 있다고 말해 주고 있다.

어떤 축원보다도 가슴을 적셔 오는 그의 음성.

자신을 일깨워 준 그 고마운 감정이 마음 깊은 곳으로부터 치밀어 오른다.

"감사합니다. 대공자님."

휙.

허나 이미 저만치 멀어진 대공자의 뒷모습.

어느덧 루인은 값비싼 갑주와 보검으로 중무장한 채, 가문의 깃발을 손에 들고 있는 오르테가 공에게 도착해 있었다.

"포돔의 철혈영주 오르테가 공."

오르테가가 한껏 부드럽게 웃으며 루인을 바라봤다.

"실로 오랜만에 뵙는군요 대공자님. 그 옛날의 건강한 모습으로 돌아오신 것을 이 오르테가는……."

"꿇어라."

"예……?"

멍해진 오르테가.

아무리 맹약에 따라 종속 관계로 묶여 있다 한들, 사석에서는 저 사자왕조차 자신에게 공대(恭待)를 한다.

또한 하이베른가의 위계 체계상, 오대봉신가의 가주는 대공자와 동격.

게다가 아무런 위업도 명성도 없는 대공자와는 달리 자신은 전장에서 명성을 떨쳐 온 세월만 사십 년이었다.

서광의 심판자라는 이명으로 왕국에 명성이 자자한 자신에게 감히 무릎을 꿇으라니!

오르테가의 기억 속에 있는 대공자는 그저 작고 병약한 아이일 뿐이었다.

지금 그런 핏덩이가 자신의 명예를 짓밟으려는 것이다.

"허허, 이거야 원 다짜고짜 꿇으라니. 대공자께서 무슨 뜻으로 하시는 말씀인지 모르겠군요."

"대공자?"

루인이 무저갱 같은 눈으로 대공의 인장을 드러냈다.

"다시 말해 보라. 대공자?"

오르테가가 피가 나도록 입술을 깨물었다.

그제야 자신의 실수를 깨달은 것.

한시적이지만 대공의 인장을 취한 이상, 지금의 대공자는 하이베른가의 대공이다.

"본 가의 가율 어디에 감히 대공을 내려다볼 수 있는 권한이 적혀 있는가."

결국 오르테가는 진득하게 입술을 깨물며 무릎을 꿇었다.

이어 검을 양손에 들어 기사의 예로 바치는 오르테가.

"포돔의 영주 오르테가. 하이베른가의 대공을 뵙습니다."

루인이 반쯤 감은 눈으로 그를 내려다본다.

"그대의 가스토가에게 무례를 물을 수 있으나 첫 만남이니 자비를 베풀겠다."

이윽고 가스토가의 기사들을 훑어보는 루인.

"또한 하이베른가가 명한 것보다 훨씬 많은 물자와 병력으로 소집에 응했으니 가스토가의 충성심을 높이 산다. 가스토가의 기사들을 빠짐없이 편제하여 그들에게 공을 세울 기회를 주도록 하겠다."

"예······?"

오르테가는 이 많은 가문의 기사들을 모두 전장으로 내몰려고 데려온 것이 아니었다.

가스토가의 건재함, 십 년 동안 달라진 가문의 위상을 통해 하이베른가를 압박하기 위함이었다.

아직 생사도 알 수 없는 큰아들의 석방을 반드시 얻어 내야만 다음을 얘기할 수 있다.

한데 그 모든 협상 과정을 건너뛰고는 가스토가의 기사 전력 전부를 편제에 넣겠다니?

당황한 오르테가가 뭐라 말하기도 전에 이미 저만치 나아간 대공자.

그가 곧 다시 대열을 훑으며 자신의 의지를 피력하고 있었다.

"편제에 앞서 사령관을 임명하겠다."

모두의 머릿속에 오대봉신가의 가주들이 떠올랐다.

그들 중 하나가 아니라면 이 엄청난 병력을 하나로 이끌기란 불가능에 가까운 것.

그러나.

"니젠 아이올 비셀 베른. 지하 감옥에 있는 그를 이곳으로 데려와라."

두 눈을 부릅뜨고 있는 데인.

카젠의 왼편에 서 있던 친위 기사 유카인.

왕국의 기수 카젠까지.

161

사자전의 모두가 경악의 얼굴을 하고 있었다.

넋이 나간 사람처럼 굳어져 버린 각 가문의 영주들.

허나 그런 그들을 실질적으로 이끄는 자 오르테가만은 차갑게 냉정을 유지하며 루인을 노려보고 있었다.

오대봉신가.

하이베른가가 몽델리아 산맥에 터를 잡기 전부터 이 땅을 지배해 온 귀족들.

한데 대공자는 그 유서 깊은 권위와 명예를 단숨에 짓밟고 있었다.

니젠 아이올 비셀 베른.

그는 이미 가율로 단죄한 반역자였다.

오대봉신가의 가주들을 제치고 그런 죄인을 사령관에 임명한다는 것.

그것은 사자의 가문이 천 년 이상 지켜 온 강직한 정체성을 스스로 부정하는 행위였다.

질식할 것만 같은 공기.

곧 오르테가의 굵직한 음성이 숨 막히는 적막을 뚫고 흘러나왔다.

"가주."

어느새 저 멀리 솟아 있는 권좌를 응시하고 있는 오르테가.

"내가 아는 가주는 이렇게 술수를 부리는 사람이 아니오."

사자왕 카젠은 군림하는 자.

이런 뻔히 보이는 계책으로 가신들을 옭아매는 존재가 아니었다.

"술수라."

씁쓸하게 입맛을 다시는 카젠.

저 오르테가가 사석에서나 할 법한 말투로 고아하게 자신을 올려다보고 있었다.

새삼 십 년의 세월, 그런 자신의 공백이 절절하게 가슴을 파고들었다.

"나의 무엇이 그대에게 술수로 느껴졌단 말인가?"

"모든 것이오. 대공자로 하여금 이 포돔의 영주에게 굴욕감을 줬던 것. 대공자의 공표를 통해 가신들을 시험하려는 것 또한 그렇소."

대공자가 자신의 무릎을 꿇리는 것을 보고도 카젠은 철저하게 방관했다.

더욱이 이번 반역 사건의 핵심 주동자를 사령관으로 임명한다는 것은 가율상 있을 수 없는 일.

그들과 사실상 협력 관계였던 오대봉신가의 반응을 살피려는 의도가 너무 뻔했다.

"시험?"

"이건 너무 뻔히 보이는 술수가 아니오? 니젠 공이 사령관으로 추대되는 것을 옹호한다면 우리를 반역의 무리와 함께 엮을 것이오. 반대한다면 그 또한 대공의 권위를 부정한 반역자가 될 것이오. 이 오르테가는 이런 외통수에 당할 생각이 없소이다."

이를 지켜보던 루인의 얼굴에 놀라운 기색이 스쳐 지나갔다.

회귀 후 처음이었다.

자신의 의도를 일부라도 읽을 수 있는 인간을 만난 것은.

봉신가들의 반발을 누그러뜨리고 하이베른가의 권위를 각인시키려는 자신의 숨은 의도를 꿰뚫은 것이었다.

'오르테가 공이라…….'

그는 르마델 왕국이 전란에 휩싸일 무렵 허무하게 전사했다.

그러므로 루인의 기억에서 포돔의 철혈, 오르테가 공의 정보는 그리 많지 않았다.

대처할 수 있는 것이 별로 없다는 것.

오로지 오르테가의 반응에 즉흥적으로 기민하게 대응해야 했다.

"차라리 취조를 하시겠다면 내 기꺼이 응하겠소. 이런 건 사자의 방식이 아니외다."

문득 루인을 응시하는 오르테가.

"이건 대공자에게도 너무 가혹한 일이지 않소?"

"가혹?"

카젠의 물음에 오르테가는 더욱 얼굴이 굳어졌다.

"대역죄인을 사령관으로 임명했소. 그것도 대공의 인장으로 말이오. 그는 이제 하이베른의 가율을 부정하고 번복했다는 불명예를 평생 안고 살아가게 될 것이오. 자신의 아들을 버리는 패로 쓰는 것은 너무 잔인하오. 이건 정말 가주답지 않소."

"하하하하!"

오르테가의 교활한 대응에 루인은 크게 웃음을 터뜨리고 말았다.

실로 교묘한 언변.

사자전의 모든 기사들이 보는 앞에서 자신을 베른의 명예를 부정한 대공자로 만든다.

게다가 마치 그런 자신을 아버지가 조종했다는 듯한 묘한 뉘앙스까지.

대공자를 가율의 권위도 모르는 병신으로 몰아가고, 가주는 아들의 명예 따위 신경도 쓰지 않는 냉혈한으로 만든 것이다.

그러나 루인은 이상하게도 화가 나지 않았다.

무식한 신념으로 똘똘 뭉친 가문의 기사들 중에서 처음으로 교활한 정치꾼을 만난 것.

지금 이 가문에 절대적으로 필요한 것은 저런 교묘한 잔머리를 지닌 지략가였다.

루인은 마치 재롱을 부리는 손자를 보는 듯한 흡족한 얼굴이었으나, 막상 그의 입에서 흘러나오는 말은 칼날에 다름이 아니었다.

"먼저 술수를 부렸던 건 그대다 오르테가."

"무슨 뜻으로 하는 말이오 대공자?"

"무리하게 동원한 병력, 효율을 무시한 화려한 무장, 수많은 시종."

씨익.

"더욱이 주인에게 머리를 조아리기 위해 모인 자들이 감히 각자의 가문기를 손에 들고 있는 것까지. 그대들의 모든 행색과 행태가 본 가의 권위를 능멸하는 저급한 술수다."

가신들의 의도를 꿰뚫는 지적이었으나 과연 루인이 예상했던 대로 오르테가는 흔들리지 않았다.

"가당치도 않소. 최고의 기사들과 무장으로 하이베른의 부름에 응하는 것은 봉신가의 헌신에 합당한 일. 가문의 깃발 또한 그런 우리의 신념을 나타내는 결의에 불과하오. 맹약을 수호하고자 하는 우리의 올곧은 마음을 오도하지 마시오."

눈 하나 깜빡하지 않고 꿀 발린 헛바닥을 놀려 대는 늙은이가 왜 이렇게 마음에 드는 거지?

그런 루인의 푸근한 미소에 오르테가가 인상을 찡그리며 입을 열 찰나.

"그래. 그게 그대의 한계군."

"내 한계라니 그건 또 무슨 말씀이시오?"

대열로 시선을 옮긴 루인.

"첫 번째, 그대의 술수는 명분을 벗어나지 않아. 최악의 상황에 직면한다 해도 빠져나갈 곳을 미리 만들어 두고 싶은 나약한 마음이지."

"그게 무슨……."

루인이 자칸가와 에올리타가의 깃발을 웃으며 바라본다.

"급한 소집령에 시간이 없었겠지. 결국 그대의 의지를 봉신가들에게 파발로 전했을 것이다."

"……."

"반역자들의 처단. 그런 베른가의 강력한 명분과 가율을 뛰어넘으려면 달라진 봉신가들의 힘을 과시할 수밖에 없다. 반드시 모두가 동참해야만 함께 살 수 있다. 이번 기회가 아니면 결코 지하 감옥에 갇힌 가문의 혈족들을 구할 길이 없다."

"억측이오! 나는 결코……!"

루인이 오르테가가 뭐라 항변하기도 전에 그의 말을 잘랐다.

"한데 사자전에 도착해 대열에 합류하는 순간까지도 소뷔에르와 아를샤이어의 가문기가 보이지 않았지. 이상했을 거야. 분명 그들도 절박했을 텐데 말이지."

루인의 시선이 종군의 복식을 한 기사들을 훑는다.

"결국 그대는 소뷔에르가와 아를샤이어가의 중추적인 기사들 몇몇을 발견했다. 그들이 종군(從軍)의 복식을 하고 있는 것을 도저히 이해할 수 없었을 거야. 이가 모두 빠져 사냥조차 할 수 없는 늙은 사자의 가문. 손쉽게 요리할 수 있을 텐데 군이 맹약에 얽매이다니. 그들이 한심했겠지."

서광의 심판자, 오르테가의 눈빛이 처음으로 흔들린다.

마치 자신의 본질이 꿰뚫린 듯한 그 더러운 기분에 오르테가는 참을 수 없는 열패감을 느끼고 있었다.

"아직도 그대의 한계를 모르겠나?"

오르테가는 타오르는 듯한 눈빛으로 그저 묵묵히 루인을 노려보고만 있었다.

"이런 무력시위 따위가 아니라 그대의 모든 역량을 동원해 사자성(獅子城)을 에워싸고 공성전에 임해야 했다. 사자의 목덜미를 물어뜯으려면 적어도 늑대 정도는 되었어야지. 아무리 하이베른이 이 빠진 사자라지만 공작새 따위에게 먹힐 리가 없잖나?"

공작새.

화려한 날개를 펼쳐 자신의 몸집을 과장하는 동물.

하지만.

그래 봤자 사자의 눈에는 그냥 깃털이 조금 긴 새일 뿐이었다.

그런 위장술은 사자에겐 결코 통하지 않았다.

더없이 완벽한 루인의 비유에 멀리서 듣고 있던 데인이 작게 웃음을 터뜨렸다.

"하하."

오르테가 공.

오대봉신가들을 이끄는 실질적인 수장.

서광의 심판자라는 그의 이명은 자신이 태어나기도 전부터 왕국의 자랑거리였다.

한데 형은 그런 엄청난 기사를 단지 언변만으로 압도하고 있었다.

정말이지 저 무지막지한 언변에는 당할 자가 없을 것이다.

"그런 나약한 각오로는 가족을 구할 수 없다네 오르테가."

왠지 흐뭇하게 웃고 있는 듯한 루인의 미소를 바라보며 오르테가는 도저히 견딜 수 없었다.

당장이라도 검을 뽑고 싶은 마음을 악착같이 참아 내는 오르테가.

곧 그의 악다문 잇새에서 신음 비슷한 음성이 흘러나왔다.

"……대공자는 참으로 상상력이 풍부하시구려."

"글쎄. 그저 내 상상이라기엔 그대의 눈빛에 담긴 욕망이 너무 번들거려서."

"욕망이라니 그건 또 무슨!"

씨익.

"반역자들이 처단되었다. 그들이 있었던 자리엔 반드시 커다란 권력의 공백이 피어나지. 그대 같은 자가 그걸 참는다고? 개소리."

루인이 더없이 단호하게, 마치 선언하듯 오르테가를 직시하며 말했다.

"본 가와 협상하여 죄인들의 석방을 타결했다면 모든 일을 설계하고 추진한 그대의 입지는 더욱 강력해질 터. 오대봉신가의 후원을 등에 업은 그 힘으로 죄인 소에느의 공백을 차지하려 들겠지."

부들부들.

루인은 연신 몸을 떨고 있는 오르테가가 마음에 들어서 견딜 수 없었다.

틀림없는 원석.

조금만 다듬으면 반드시 가문에 도움이 될 자.

'시, 실로 무서운!'

'저 어린 나이에 어찌 저런 엄청난 심계를……?'

어렴풋이 들려오는 대공자와 오르테가 공의 언쟁을 멀리서 듣고 있던 봉신가의 가주들.

그들은 핼쑥해진 얼굴로 그저 멍하니 루인을 바라보고 있을 뿐이었다.

마치 자신들이 주고받은 서찰을 보기라도 한 듯 모든 일을 알고 있는 하이베른가의 대공자.

이제 막 성년이 지난 소년.

하지만 그런 소년의 입에서 흘러나오는 말들에는 마치 왕궁에서 구를 대로 구른 정치인보다도 더한 노련함이 묻어 나왔다.

대공자의 추론이 두려울 정도로 치밀해서 도저히 그 나이를 믿기가 힘든 것이었다.

대공자의 음성이 또다시 차갑게 울려 퍼졌다.

"지금쯤 그대의 머릿속을 강렬하게 지배하는 의문은 단 하나일 거다. 예로부터 르데오의 봉화는 충직한 가문. 소뷔에르가가 그대의 응답에 화답하지 않은 것은 인정할 수 있겠지.

하지만 아를샤이어가는 다르지."

루인이 자신을 바라보며 웃자 아를샤이어가의 가주, 커틀라스 공은 더욱 허리를 숙여 극진한 예법을 표했다.

"비스문트의 율령. 냉철한 커틀라스 공. 확신이 없다면 결코 함부로 대세를 판단하지 않는 그가 대체 하이베른가의 무엇을 보았길래 저리도 몸을 숙인단 말인가."

불안하게 떨리는 오르테가의 눈빛.

"그대의 두 번째 실수는 이 루인, 대공자에 대한 정보가 너무 없었다는 것."

심장을 조여 오는 듯한 대공자의 냉랭한 목소리에 오르테가는 처절하게 입술을 짓씹었다.

인정할 수밖에 없었다.

베른가의 대공자, 카젠의 아들이 이토록 영민하고 교활한 천재인 줄 알았다면 모든 계획을 처음부터 다시 수립했을 터.

그때.

쿠구구구구구-

사자전의 바닥을 울려오는 나직한 진동.

점차 그 진동은 사자전을 모두 집어삼킨 후 성 전체로 퍼져 나갔다.

스피리츄얼 파워(Spiritual Power), 혹은 사자의 혼(魂)이라 불리는 고유한 투기의 파장.

순수한 투기만으로 물질계를 압도하는 그 경지는 이 거대한 성을 지배하는 왕(王)만이 가능한 것.

사자왕의 투기, 그의 압도적인 포효는 기사의 피를 들끓게 만드는 위대한 힘이었다.

오르테가는 멍하니 고개를 들어 올려 몽델리아 산맥의 지배자를 쳐다보고 있었다.

한 걸음, 두 걸음, 그가 붉은 계단을 내려올 때마다 심장이 옥죄어 드는 것만 같은 심정.

반개한 눈으로 대열을 오시하고 있는 사자왕.

그리고 그때 들려오는 루인의 서슬 푸른 목소리.

"오르테가 공."

무릎을 꿇은 채로 카젠에게 대공의 인장을 바치는 루인.

곧 그의 입매가 소름 돋게 뒤틀린다.

"사냥을 시작한 사자는 더 이상 포악함을 숨기지 않아. 사냥의 시작을 깨닫지 못했다는 것. 이것이 그대의 세 번째 실수다."

루인이 건넨 대공의 인장을 무심한 얼굴로 취하는 카젠.

멍하니 눈만 껌뻑이고 있던 오르테가 공이 황급히 몸을 숙인다.

"대, 대공!"

온몸이 오그라드는 듯한 두려움.

등줄기를 타고 내리는 식은땀.

내내 외면해 온, 그 옛날 자신의 영혼을 거머쥐었던 그 공포는 십 년의 세월이 무색할 만큼 자연스럽게 피어났다.

무저갱처럼 가라앉은 무심한 눈빛.

사자왕의 그런 눈을 보는 순간, 마치 오랜 봉인에서 깨어나 듯 굴종(屈從)이 피어오른 것이다.

"꿇어라."

오르테가의 동공이 폭풍을 만난 듯 흔들린다.

자신을 향한 사자왕의 첫마디는 저 건방진 대공자와 똑같았다.

허나 마음을 먹기도 전에 몸부터 허물어졌다.

털썩.

이 빌어먹을 약자의 영혼은 허탈하리만치 제 자존감을 허물며 본래의 정체성을 되찾아 갔다.

천 년의 맹약.

뼛속까지 각인된 굴종의 굴레.

'끝났다…….'

결국 오르테가는 자신의 모든 계획이 무너졌음을 깨달았다.

협상이란 대등한 위치에서 할 수 있는 것.

한데 자신은 모든 봉신가들을 품지도 못했고, 저 사자왕, 아니 그의 어린 새끼조차도 넘어서지 못했다.

그렇게 오르테가는 치가 떨리는 굴욕감을 억지로 삼키며 신음하듯 입을 열었다.

"……설마 가주께서는 대공자의 말을 모두 믿으십니까?"

이제는 협상 따위를 노릴 단계가 아니었다.

대공자의 언변에 카젠의 마음이 동한다면 자칫 베른가의 가율을 감당해야 할지도 모르는 일.

"결코 제 마음에 품어 본 적 없는 불경입니다. 저는 그런 저열한 삶을 살지 않았습니다."

조금은 누그러진 사자왕의 표정.

이래서 명성이 중요했다.

악을 심판해 온 정의의 수호자, 서광의 심판자라는 이명은 왕국의 백성들이 오랫동안 칭송해 온 이름.

오르테가는 가까스로 가슴을 쓸어내리며 더욱 몸을 숙였다.

"봉신가들의 병력과 무장은 헌신에서 비롯된 충심이었을 뿐, 결코 삿된 마음이 아닙니다 가주."

"그래야겠지."

카젠의 묘한 어감에 오르테가는 핏물이 배어날 만큼 이를 깨물었다.

굳이 들춰내 일을 시끄럽게 만들고 싶지 않을 뿐, 저 사자왕은 이미 대공자의 주장에 마음이 기울었다.

이것을 약점으로 삼아 어떤 엄청난 압박을 해 올지 오르테가는 벌써 가슴이 답답해졌다.

"그러나 대공자를 대했던 그대의 태도, 그 불경까지 못 본 척할 수는 없지 않은가."

허물어진 채 몸을 떨고 있는 오르테가를 향해 사자왕의 명이 떨어졌다.

"포돔의 철혈, 가스토가를 이번 출정에서 제외한다. 또한 가스토가의 영주에게 반년간의 근신을 명령한다. 동시에 사자성의 출입도 함께 제한될 것이다."

부들부들.

전장을 앞에 두고 되돌아간다는 것은 기사에게 있어 더없는 불명예.

더욱이 사자성에 출입하지 못한다는 것은 하이베른가의 권력 지형에서 완벽히 멀어진다는 의미였다.

그러나 오르테가는 감히 반박하거나 거부할 수 없었다.

"충. 가주님의 자비에 감사드립니다."

더 이상 시선을 맞댈 가치도 없다는 듯 오르테가를 외면하는 카젠.

어느덧 그의 시선은 집사 아길레를 향해 있었다.

"집사."

"예. 가주님."

"대공자의 뜻대로 가문의 무구 창고를 개방하라. 하이베른의 기사들을 최고의 무기와 갑주로 무장시킬 것이다."

종군의 복식을 한 기사들 몇몇이 감동하여 눈물을 흘렸다.

하사될 무장보다는 다시 자신들을 '하이베른의 기사들'이라고 인정한 사자왕의 자비에 감동한 것이었다.

"또한 죄인 니젠을 데려오라. 대공자의 뜻대로 그를 사령관으로 임명할 것이다."

"예……?"

"가주!"

한껏 당황해하는 집사 아길레와 친위 기사 유카인.

이를 모두 지켜보고 있던 루인이 미간을 찌푸렸다.

저런 아버지의 반응은 자신이 그린 그림이 아니었던 것.

그때.

끝까지 하이베른가를 향한 의리를 지켰던 순혈주의자 측이 크게 반발했다.

"그는 반역을 도모했던 수괴입니다! 하이베른가의 합당한 가율로 징치된 죄인입니다!"

"죄인을 사령관으로 따를 수 없습니다!"

"원로들께서 크게 반발할 것입니다! 가주!"

"재고해 주십시오 가주!"

루인이 한숨을 내쉬었다.

이렇게 되면 순혈주의자들의 반발과 가율을 번복했다는 오명은 아버지가 가져가게 된다.

'젠장.'

아버지는 데인이 준비될 때까지 가문에 남아 하이베른을 경영해야 했다.

곧 가문을 떠날 자신이 짊어지는 편이 효율적이고 합당한 일.

아버지도 그 사실을 모르지 않을 텐데 왜 군이 나서서 오명을 뒤집어쓴단 말인가?

대공의 인장을 자신에게 건넸을 땐 이런 자신의 마음을 헤아린 것으로 생각했다.

대공자가 죄인들의 석방을 두고 가주와 싸워야 했다.

아버지는 가주의 권위로 이를 끝까지 거부해야 했다.

분명 그게 가장 좋은 그림이었다.

"……."

순혈주의자들의 거센 반발 속에서도 끝까지 침묵을 유지하고 있는 카젠.

루인이 착잡한 심정으로 그런 아버지를 지켜보고 있을 때 지하 감옥의 간수가 니젠과 함께 도착했다.

"충! 죄인 니젠을 데려왔습니다!"

순간 으스러지게 주먹을 말아 쥐는 루인.

자신의 삼촌, 니젠의 눈빛 역시 아버지와 소에느처럼 텅 비어 있었다.

대체 이 하이베른이 무엇이길래 저 못난 형제들의 영혼을 이토록 망가뜨린단 말인가.

"니젠 아이올 비셀 베른."

나직이 울려 퍼지는 카젠의 목소리.

니젠이 멍하니 고개를 들어 우뚝 서 있는 형을 바라본다.

카젠 사홀 몽델리아 진 베른.

오로지 하이베른가의 가주만이 가질 수 있는 미들네임 '사홀.'

이 땅의 지배자, 공국의 봉토를 다스리는 자의 미들네임

'몽델리아.'

자신이 가지고 싶었던 모든 영광과 오롯함은 여전히 저기, 저곳에 있었다.

저벅저벅.

그런 영광스런 존재가 육중한 갑주를 출렁이며 걸어오고 있다.

니젠은 떨려 오는 가슴, 한없이 무거운 심정으로 거대한 그의 앞에 무릎을 꿇었다.

"죄인 니젠이 가주를 뵙습니다."

가늘게 어깨를 떠는 니젠을 향해 사자왕의 묵직한 목소리가 다시 날아들었다.

"그대가 좋아하는 전장이다 니젠. 가문의 금린사자기를 그대에게 맡기니. 반드시 승리로 가문에 보답해야 할 것이다."

"가주! 차라리 저희에게 죽음을 명하십시오!"

"절대로 그를 사령관으로 인정할 수 없습니다!"

순혈주의자들의 반발을 멍한 얼굴로 쳐다보던 니젠은 다시 고개를 들어 형을 올려다보았다.

"가주님. 갑자기 그게 무슨……."

"말 그대로다 니젠. 저들의 사령관이 되어 승리를 쟁취하고 돌아오라."

그때.

순혈주의자들 몇몇이 갑주를 벗기 시작했다.

그들은 엄숙한 얼굴로 갑주와 무기들을 차곡차곡 개더니 그대로 엎드려 목을 길게 뺐다.

"그를 사령관으로 임명하시려거든 저희의 목숨부터 먼저 거둬 가십시오 가주."

"반역자들의 수괴를 따르느니 차라리 죽음으로 기사의 명예를 지키겠습니다."

그때.

저벅저벅.

대공자 루인이 말없이 걸어온다.

어느덧 예복의 품에서 단검을 빼 든 그는 망설임 없이 자신의 손바닥을 그어 모두에게 내보였다.

뚝뚝.

얼굴을 적셔 오는 피.

니젠이 자신을 향해 움켜쥐고 있는 루인의 주먹을 뿌리치며 그대로 소리쳤다.

"이, 이게 무슨 짓이오! 대공자!"

"보시다시피."

싱긋.

모두가 멍하니 천연덕스럽게 미소 짓고 있는 대공자를 바라보고 있었다.

피의 대속(代贖).

그것은 기사의 결투만큼이나 성스럽고 고결한 하이베른가

의 의식.

상대의 모든 죄와 행위를 함께 짊어진다는 뜻.

이제 니젠이 다시 반역을 꾀하거나 가율에 어긋나는 행동을 할 시에는 모든 책임을 루인이 함께 져야 했다.

대공자가 자신의 명예로 니젠의 보증인으로 나선 것이었다.

"대공자! 아니 루인! 나 같은 죄인에 이렇게까지 할 필요는 없다! 대공자의 명예는 그리 가벼운 것이 아니다! 엇?"

뚝뚝.

다시 니젠의 얼굴을 적셔 가는 피.

"혀, 형님?"

어느덧 카젠 역시 사홀의 용맹의 칼날을 움켜쥔 채로 니젠에게 피를 흘리고 있었다.

결국 루인은 그런 아버지를 향해 불같은 외침을 토해 냈다.

"도대체! 왜 한 번을 져 주지 않습니까? 그냥 좀 가만히 계시면 안 돼요? 가만히 계시면 다 알아서 하는데 왜 자꾸 훼방을 놓습니까?"

"저 혼자만 더러워지겠다고 똥밭을 구르려는 아들을 그저 지켜보고만 있을 아비는 없다."

"아니 아버지……."

뭐라 항변하려다 결국은 꾹 하고 입을 닫고 마는 루인.

뚝뚝.

루인의 얼굴이 더욱 험악하게 일그러졌다.

"너마저 왜 나서는 것이냐?"

어느덧 다가와 함께 주먹을 움켜쥔 채 피를 흘리고 있는 이는 데인이었다.

씨익.

"이런 일에 빠진다면 어머니가 꾸짖으실 겁니다."

"하, 정말."

사자왕과 그의 직계가 모두 피를 흘리고 있다.

신성한 베른의 피.

사자전을 지배하는 그 엄숙한 의식에 더 이상은 순혈주의자들도 반대할 명분이 없었다.

뚝뚝.

"유, 유카인?"

친위 기사 유카인이 검을 움켜쥔 채로 니젠을 응시한다.

"참으로 대단한 가족들이오 니젠 성주. 이 유카인이 평생을 바쳐 온 신념이 부끄럽지 않을 정도로."

"……."

유카인이 카젠을 바라보며 의미심장하게 웃었다.

"목숨을 바쳐 지켜 온 하이베른가가 오늘만큼 자랑스러운 적은 없었소."

뚝뚝.

르데오의 봉화, 아이작 소뷔에르 공이 주먹을 움켜쥔 채로 희게 웃었다.

"니젠 성주의 지휘라면 믿을 수 있습니다. 적어도 전술만큼은 가주님보다도 뛰어난 분이 아닙니까?"

인상을 찡그리는 카젠.

"안 본 사이에 더 건방져졌군 아이작. 자네도 근신하고 싶나?"

"보시다시피 지금도 근신 중입니다. 아니면 저들처럼 목이라도 빼 드릴……?"

아이작이 걸치고 있는 종군의 복식을 힐끗 거리더니 이내 크게 웃는 카젠.

"크하하하! 그 꼴 한번 보기 좋군! 그렇게 의리 좀 지키지 그랬나? 이 카젠이 한 십 년쯤 골골거렸다고 해서 고양이로 변하겠냐 이 말이지."

"……죄송합니다."

"내가 더 미안하네 아이작."

아이작이 카젠의 음울한 시선을 좇았다.

외팔이가 된 자신의 아들 브리제를 바라보며 아이작이 힘겹게 웃었다.

"자업자득이지요. 설치고 다닐 때부터 알아봤습니다. 자비에 감사드립니다."

쓸쓸하게 웃던 카젠이 다시 자신의 동생 니젠을 향해 입을 열었다.

"니젠 성주를 지키고자 하는 사람이 이만큼이나 많구나."

"형님……."

축축이 젖어 가는 눈가, 형용할 수 없는 감정이 흘러내렸지만 니젠은 부끄럽지 않았다.

그가 곧 서둘러 일어나 자신의 해진 옷을 찢었다.

찌이이익.

"어서 닦으십시오. 형님."

"나는 상관 말고 어서 받아라. 모두가 지켜보고 있지 않느냐."

시야에 가득 차오르는 거대한 깃발.

평생을 탐해 왔던 금린사자기, 그런 왕국의 영광 앞에서 니젠은 자신의 모든 세월이 부질없음을 깨달았다.

'이렇게 아무것도 아니거늘…….'

대체 그동안 자신은 무엇을 탐해 왔단 말인가.

텁. 니젠이 자신이 건넨 금린사자기를 받아 들자 카젠이 사홀의 용맹을 치켜들어 그의 어깨에 얹었다.

"나 카젠, 르마델의 기수가 몽델리아 산맥의 정령들 앞에 말하노니 하이베른가의 기사들은 모두 귀를 기울이라."

충-!

"나 카젠은 아이올 성의 성주, 니젠 아이올 비셀 베른을 이번 원정의 사령관으로 임명하노니, 기수의 권위가 그의 금린사자기에 이어질 것이다."

쿵-

쿠쿵-

사자전의 모든 기사들이 각자의 무기로 대답하기 시작했다.

하이베른가의 사자성(獅子城)이 거친 울음소리에 휩싸였다.

Chapter. 12

짹짹.

희미한 눈빛으로 창살을 응시하는 루인.

가볍게 몸을 추스른 루인이 한껏 좋아진 기분으로 침대 위에 걸터앉았다.

이렇게 개운한 숙면이 대체 얼마 만인지.

루인이 아직도 여운이 가시지 않은 가슴을 어루만진다.

두근.

초인 연합을 이끌었던 그때 이후, 군세의 열기에 취해 가슴이 두근거린 것은 어제가 처음이었다.

'오히려 더 좋은 결과였다.'

자신이 예상했던 것보다 기사들의 마음을 더욱 단단하게 묶었다.

하이베른가의 가주와 직계들이 보여 준 대속 의식.

그것은 순혈주의자들에게는 사자의 결의를 보여 주는 것이었고, 배덕자들에게는 사자의 포용력을 드러낸 것이었다.

성을 가득 메웠던 병장기들의 박자.

이어 울려 퍼진 거대한 함성 소리.

그들은 굳이 기사의 예법으로 과장되게 표현하지 않았다.

그저 선 채로 각자의 무기를 통해 참회했으며 또 순응할 뿐이었다.

기사들은 그렇게 온 마음으로 울며 검으로 충성을 맹세해 왔다.

어떤 맹약보다도 더욱 가슴을 울려 오는 그들의 화답에 루인은 비로소 하이베른가가 달라졌음을 실감했다.

'아버지…… 나의 하이베른가여…….'

그 옛날, 검술왕 데인의 반역 사건 이후.

폐허가 된 가문에 도착했을 때 남아 있는 것은 아무것도 없었다.

흔적도 찾아볼 수 없는 거대한 성터.

마치 원래부터 존재하지 않았던 것처럼, 하이베른가는 그렇게 추억 한 자락 남기지 않고 세상으로부터 완전히 지워져 있었다.

얼마나 후회했던가.

얼마나 울고 울었던가.

초인을 초월한 강대한 대마도사의 힘으로도 할 수 있는 것이 없었다.

가문을 증오해 왔다고 생각해 온 지난날의 편린들.

그러나 폐허가 된 가문을 보는 순간, 자신이 아버지를, 그리고 이 하이베른가를 얼마나 그리워했는지를 절절히 깨달았다.

생명력이 말라 가며 고통에 신음했던 추억밖에 없었지만.

베른의 치욕을 바라보는 혈족들의 따가운 시선밖에 생각나지 않았지만.

그래도 가문은 자신을 위해 당신의 모든 것을 희생하신 아버지가 계셨던 곳이었다.

'반드시 지켜 드리겠습니다.'

당신께서 지키고자 했던 가문.

살아 계셨다면 가문의 멸망을 누구보다 슬퍼했을 아버지임을 알기에, 이 하이베른가를 어떤 가문보다도 강대하게 만들고 싶었다.

이 흑암의 공포가.

달라진 검술왕이.

반드시 그렇게 만들 것이었다.

똑똑.

이른 아침이면 늘 들려오는 노크 소리.

적응이 될 법도 하건만, 한 치의 빈틈도 주지 않는 녀석의 방문이 이제는 조금 버거워질 지경이었다.

"일어났다."

방문이 열리더니 시종이 다가와서 황급히 허리를 숙인다.

"대공자님. 데인 도련님께서 방문……."

"들어오라고 해."

"형님!"

말이 떨어지기가 무섭게 달려오고 있는 데인.

그가 얼굴에 잔뜩 흥분을 머금은 채로 루인 앞에 서더니 그대로 꾸벅 허리를 숙인다.

"존경드립니다 형님!"

"응?"

뭔가 데인의 태도가 달라졌다.

미간을 찌푸리고 있던 루인이 이내 그의 눈빛을 바라보고는 기겁했다.

"뭐, 뭐냐?"

데인의 눈빛이 활활 타오르고 있었다.

열정, 열의, 존경, 선망 뭐 그런 것들로.

곧 그가 가슴을 어루만지며 활짝 웃었다.

"저는 아직도 어제의 전율이 가시지가 않습니다! 단언컨대 태어나서 그토록 장엄한 느낌을 받아 본 적이 없습니다!"

루인이 피식 웃으며 동생을 이해했다.

산전수전을 겪어 온 이 흑암의 공포조차 이렇게 여운이 가시지 않는다.

하물며 녀석에게는 생애 최초로 겪는 뜨거운 전율일 터.

군세의 열기란 때로는 어떤 술보다도 사람을 취하게 만드는 법이다.

한데, 데인의 옷매무새가 조금 묘했다.

"너 설마? 잠을 자지 않은 것이냐?"

어제 입었던 그의 복장이 그대로였던 것.

"어떻게 제가 잠을 자겠습니까? 원정대의 출정을 배웅하고 오는 길입니다."

설마 군세의 열기에 취해 출정길까지 따라나섰다가 아침에서야 돌아왔단 말인가?

과연 그의 옷과 신발이 여기저기 더러워져 있었다.

"대체 어디까지?"

"헤레타 언덕에서 이제 막 돌아왔습니다."

고개를 절레절레 내젓는 루인.

"그 먼 길을 어떻게? 몸에 무리가 갔을 것이다. 어서 가서 쉬거라."

"괜찮습니다. 형님이 하셨던 것에 비하면 이 정도쯤은……."

데인은 지금도 형의 모든 목소리가 생생했다.

봉신가들을 향한 분노밖에 떠오르지 않았던 자신에게는

너무나도 충격적인 장면들.

지금까지 경험했던 형의 초월적인 지혜와 무력은 아무것도 아니었다.

어제의 형은 자신이 막연히 상상해 온 가장 이상적인 군주(君主).

권위적이었지만 그것은 포용이었다.

충성을 강요했지만 그 과정은 희생이었다.

대속의 의식으로 모든 기사들의 마음을 움켜쥐고 흔들어 버린 하이베른가의 대공자.

한낱 죄인을 위해 고결한 명예를 초개처럼 버렸던 형.

그의 행동은 순혈주의자와 배덕자들의 모든 마음을 하나로 묶기에 충분했다.

아버지가 왜 그토록 형을 신뢰하는지 이제야 데인은 절절하게 깨달았다.

"형님."

루인의 두 눈에 이채가 흐른다.

갑자기 데인이 진지한 표정으로 자신을 바라보고 있었기 때문.

"말하거라."

"이제는 제가 거부하겠습니다. 하이베른의 대공자는 형님이셔야 합니다. 아버지께서 당장 형님에게 가주직을 이어받으라고 명하신다 해도 저는 찬성할 겁니다."

당돌한 데인의 행동.

"기사가 쟁취할 수 있는 최고의 영예, 왕국의 기수다. 넌 욕심도 나지 않는 것이냐?"

그때, 막내 위폰이 루인의 방에 들어오더니 이내 쪼르르 달려왔다.

"나도 찬성이야 형!"

터질 듯이 귀여운 볼로 각오에 찬 표정을 짓고 있는 위폰을 바라보고 있자니 루인은 웃음이 터져 나오고 말았다.

"하하하! 너마저 왜 이러는 것이냐?"

"마치 아버지 같았어. 아, 아니 아버지보다 더⋯⋯."

어제의 감상을 차마 모두 입 밖으로 내뱉을 수가 없었는지 꾹 하고 입을 닫고 마는 위폰.

"경쟁이란 것도 어느 정도 급이 맞아야 할 수 있죠. 형님은 그냥⋯⋯ 아 더 말하기 싫습니다. 저만 비참해집니다."

치욕스러운지 몸을 부르르 떨고 있는 데인.

압도적인 무력.

미지의 마법.

사람 같지도 않은 초월적인 지혜.

왕국의 1왕자와 마탑의 현자까지 구워삶아 버린 협상가의 자질.

수천 명 기사들의 마음을 움켜쥐는 군주의 능력까지.

이건 뭐 어느 하나 도저히 따라잡을 수 없는, 그야말로 규

격 외의 인간이 바로 자신의 형, 루인이었다.

"그렇지 않아도 그 일로 아버지를 만날 참이었다."

어제의 아버지의 행동.

분명 그것은 결단코 자신을 놓치지 않겠다는 의지의 표출이었다.

하지만 자신은 그럴 수 없는 몸.

좀 더 명확한 입장 정리가 필요했다.

몸을 정갈히 씻은 루인이 예복을 입고 유폐지를 나서자 동생들이 그의 뒤를 따랐다.

◆ ◈ ◆

하이베른가의 가주실.

"고모?"

쪼르르 달려가는 위폰.

자신의 고모가 가문의 죄인이 되었다는 소식을 들었지만, 아직 위폰은 가문의 정치적인 상황을 이해하기 어려운 나이.

소에느가 달려와 자신의 품에 안긴 위폰을 어색하게 안았다.

"위폰……."

"웅! 잘 지냈어 고모?"

"……."

위폰에게 소에느는 어머니나 다름없는 존재.

데인이 그런 위폰을 착잡한 심정으로 바라보고 있을 때, 루인이 허리를 숙이며 한 발자국 물러났다.

"손님이 먼저 와 계셨군요. 그럼 저희는 나중에 찾아오겠습니다."

"아니다. 모두 이리 앉거라."

데인이 안색이 좋지 않은 아버지를 바라보며 입술을 깨물었다.

"굳이 포효의 씨앗을 쓰셔야 했던 겁니까?"

"신경 쓸 거 없다. 대공자는 뭐 하고 있느냐? 이리 와서 앉으라 하였다."

이내 한숨을 쉬며 의자를 빼고 앉은 루인.

가족끼리 이야기하고 싶었지만 유카인과 소에느가 함께 있는 이상 사적인 이야기를 할 수 없었다.

"동생들을 데려온 것을 보니 가족의 일을 상의하려고 온 것이냐."

"그렇습니다. 가주님."

카젠이 잠시 생각을 정리하더니 이내 고개를 끄덕였다.

"이 자리의 가율과 예법을 풀겠다. 상의하려고 했던 일을 말해 보거라."

인상을 찡그리는 루인.

굳이 소에느가 있는 자리에서 가족의 이야기를 하라니.

아버지의 명령이 내키지는 않았지만 어쩔 수 없었다. 이 일은 더 이상 미룰 수 있는 일이 아니었다.

"……알겠습니다. 그럼 유카인 삼촌도 않으시죠."

모두의 시선이 루인에게 모였을 때, 그의 결연한 음성이 흘러나왔다.

"아버지. 전 이미 베른헤네움 홀의 수많은 기사들이 보는 앞에서 대공자의 지위를 포기하겠다는 선언을 했습니다."

"그래서?"

"더욱이 아버지께서도 분명 데인을 대공자로 키우겠다는 제 뜻을 허락하셨고요."

"그런데?"

카젠이 연신 익살스러운 표정으로 화답하자 루인이 주먹을 꽉 쥐었다.

"아버지. 저 지금 진지합니다."

"알고 있다. 계속해 보거라."

"이미 아카데미행까지 허락하신 거 아니었습니까?"

피식 웃는 카젠.

"무슨 아카데미에서 수십 년 동안 구를 작정이냐? 몇 년만 지나면 되돌아올 것이 아니냐? 그 정도 세상 경험은 가문의 누구라도 하는 것이다."

"아니. 아버지."

"게다가 뭐? 선언? 웃기는 녀석이구나. 데인. 네가 말해 보거라."

데인이 어이가 없다는 듯 자신의 형 루인을 쳐다봤다.

"대속의 의식 하나로 가율마저 뒤집어 버린 형님입니다. 고작 선언 하나 무른다고 해서 누가 동요하겠습니까? 그냥 원래 그런 분이니까 그러려니 하겠죠."

"데인!"

루인이 노려보고 있었으나 데인은 눈썹 하나 끄떡하지 않았다.

그때 루인은 보았다.

아버지가 데인을 향해 잘했다는 듯 윙크하는 모습을.

그제야 모든 일의 전후를 알게 된 루인이 이를 꽉 깨물었다.

"오호라. 네놈이 아침부터 찾아와서 대공자를 못하겠다고 드러누운 것이 다 아버지가 시킨 것이렷다?"

"접니다. 대공자님."

유카인을 향해 홱 하고 돌아보는 루인.

"아니 유카인 삼촌은 또 왜요? 이 일이 저 녀석에게 얼마나 상처가 되는 일인지 정말 모른단 말입니까?"

이내 유카인이 눈을 부라린다.

"무슨 그런 말씀을! 이제껏 저를 형제들을 이간질하는 그런 자로 보셨습니까?"

"아니……!"

"말도 마십시오. 어제 데인 도련님이 저와 밤새 걸으면서 대공자님을 얼마나 칭송하셨는지 아십니까?"

"……녀석과 함께 다녀온 겁니까?"

어제의 기억이 떠올랐는지 슬며시 미소 짓는 유카인.

"이미 데인 도련님께 대공자님은 선망의 대상, 아니 영웅입니다. 아예 하이베른가의 가주가 되어야 한다고 밤새도록 열변을 토하시더군요."

"뭣이?"

카젠이 데인을 노려보며 어이가 없다는 투로 웃었다.

"하하, 이 녀석이? 그래도 이 아비가 이렇게 버젓이 살아 있거늘!"

"죄, 죄송합니다! 아버지!"

"하하하! 녀석!"

그런 광경을 멍하니 바라보고 있는 소에느.

어느덧 의지와는 상관없이 흘러내린 눈물이 그녀의 눈가를 적셨다.

그녀는 지금의 감정을 도저히 표현할 길이 없었다.

저 어처구니없는 가족은 대공자의 위계, 왕국의 기수 자리를 장난처럼 양보하고 있었다.

형님이 대공자, 아니 아예 가주가 되어야 한다고 바락바락 우기고 있는 데인.

그걸 또 끝까지 싫다고 뿌리치는 대공자.

저 터무니없는 형제가 장난처럼 저울질하고 있는 위계.

자신은 평생 그 하나만을 쟁취하기 위해 살아왔다.

'대체…… 난…….'

지금까지의 삶, 그렇게 아귀처럼 갈구해 온 모든 탐욕이 한 순간에 무의미해져 버렸다.

뭐라 말로 형용할 수 없는 복잡한 마음.

그때.

"고모, 고모는 어떻게 생각해? 고모도 우리처럼 루인 형이 계속 대공자로 남아 있었으면 좋겠어?"

위폰의 깨끗한 눈망울을 한참이나 바라보던 소에느.

그녀는 위폰의 순수한 영혼 앞에 가슴이 저미었다.

자신이 저지른 배덕의 세월, 그 악착같은 욕망의 시절이 덧 없고 부끄러워 견딜 수가 없었다.

그녀가 곧 힘겹게 웃는다.

"아니."

"응?"

"고모는 데인이 대공자가 되었으면 좋겠어."

루인이 이내 환한 얼굴이 되어 소에느를 바라본다.

그것은 소에느가 지금까지 한 번도 보지 못한 대공자의 표 정이었다.

◆ ◆ ◆

전령이 건넨 서찰을 묵묵히 읽어 내려가고 있는 카젠.

'허허.'

전황은 허탈할 정도로 쉽게 결판이 나 있었다.

야간에 벌어졌던 소규모 국지전만 몇 차례 있었을 뿐.

선두의 금린사자기를 보는 순간 적들은 모든 전투 의지를 깔끔하게 접어 버렸다.

금린사자기를 눈앞에 두고도 전투를 재개한다면 그것은 곧 왕국에 대한 반역의 의지이기에.

광산 길드와 상인 연합들이 가장 먼저 복종의 의사를 표시해 왔다.

그들은 약자였기에 처세술에 밝았다.

오랜 세월 왕국의 은자처럼 지냈던 하이베른가의 숨은 의도를 모르는 이상, 일단은 몸을 숙이는 것이 옳다고 판단했을 것이다.

다리오네가와 세헬가 역시 별반 다르지 않았다.

애초에 왕국의 대공작가가 무력을 투사한 시점부터 남작가들 따위가 막을 수 있는 수준이 아니었던 것.

이채로운 것은 세헬가와 상인 연합을 은밀히 지원했던 하이렌시아가 철저하게 이들을 외면했다는 것이었다.

마치 처음부터 관여한 바 없다는 듯, 그들은 자신들의 흔적을 모두 지우고 되돌아가 버렸다.

"역시나 약삭빠른 자들이군."

"이미 예상했던 일이 아니었습니까. 아무리 렌시아라고 해도 금린사자기의 권위를 무시할 수는 없었을 겁니다."

유카인의 대답에 카젠이 묵묵히 고개를 끄덕였다.

이어 그의 시선이 강렬한 눈빛을 빛내고 있는 전령에게로 다시 향했다.

"그럼 평정되었군. 원정대의 복귀는 언제쯤인가?"

"충! 사령관님은 죄인 보웬 공과 그의 장자 보미오르의 신변까지 모두 확보한 후에 복귀한다고 하셨습니다. 아, 다리오 네가의 가주인(家主印)은 확보했습니다."

"세헬가의 반발은 없었는가?"

"전혀 없었습니다. 오히려 그들은 척후병을 내주어 저희를 도왔습니다."

"척후병을 내주었다고?"

"예 가주님. 기수가의 행사인데 돕는 것이 당연하다면서……."

카젠은 새삼 쓴웃음이 흘러나왔다.

이 엄청난 기수가의 힘을 그저 안주하는 데만 써 왔다니…….

대공자의 말대로 하이베른은 그저 보기 좋은 사자였단 말인가.

"오랜 여정에 고생이 많았다. 돌아가도 좋다. 그대의 헌신을 높이 사 50리랑을 하사하겠다."

"충! 감사합니다!"

전령이 돌아가자 유카인이 더욱 화색이 된 표정으로 카젠을 바라봤다.

"한 달 만에 모두 평정할 줄이야! 아무리 금린사자기가 있었다지만 니젠 사령관의 속도전이 정말 대단합니다!"

"니젠의 병력 운용은 원래부터 빠르기로 명성이 자자했지. 녀석의 전술은 제압보다는 언제나 시간에 치중되어 있었어."

"빠른 섬멸을 우선하는 것이 그의 오랜 지론이 아닙니까."

"그 문제로 항상 나와 격론했지."

"하긴…… 아, 정말 오래된 일입니다."

옛 추억에 잠긴 듯 지그시 눈을 감고 있는 유카인.

카젠이 피식 웃었다.

"늙으면 추억으로 산다더니 자네도 제법 나이를 먹은 모양이군."

유카인이 얼굴을 찡그리다 문득 화제를 돌렸다.

"니젠 사령관이 보웬 공의 신변을 확보한다면 그를 곧바로 왕성으로 압송하는 것이 어떻겠습니까? 왕실의 조사관들이 그의 진술을 확보한다면 틀림없이 렌시아 놈들이 저질렀던 행위가 왕국 전역에 드러날 겁니다. 이대로 놈들을 보내는 것이 영 찝찝합니다."

고개를 가로젓는 카젠.

"보웬 공의 신변은 세헬가를 압박하는 수단에서 끝내야 하네."

"예?"

"렌시아가는 분명 본 가의 영역을 침범한 자신들의 행위를 우리가 모르고 있다고 생각하겠지. 굳이 미리 밝혀 그들이 경계하도록 만들 필요는 없네."

유카인이 그도 그렇다는 듯 고개를 끄덕이며 동조했다.

"더욱이 왕실 조사관들까지 렌시아 놈들에게 포섭된 상황이라면 어떤 일이 벌어지겠는가. 오히려 중요한 패만 내어 주고 되치기만 당하는 꼴이 되겠지. 패란 숨길수록 위력이 더해진다네."

렌시아가.

왕실의 권력까지 넘보는 사실상의 섭정 체재.

카젠의 입장에서는 그들의 힘이 어디까지 미치는지도 모르는 상황에서 함부로 패를 내어 줄 수가 없었던 것.

"이제 렌시아의 지략가들은 본 가의 의도를 파악하기 위해 고민을 거듭하겠지. 그 시간이 길어질수록 우리로선 이득이라네."

"오……!"

유카인이 놀랍다는 듯, 미심쩍은 눈초리로 자신의 위아래를 훑자 카젠이 피식 웃으며 고개를 끄덕였다.

"그래. 대공자가 그렇게 말하더군."

순간 유카인은 소름이 돋았다.

대공자가 그렇게 말했다는 건, 전령의 서찰을 읽어 보기도 전에 이미 전황이 이렇게 흘러가리란 걸 예상했다는 말.

하긴 가문의 일이라면 누구보다 발 벗고 나서야 할 대공자였다.

그런 그가 원정대에 관심조차 두지 않고 있다는 건 그만한 확신이 있다는 뜻이었다.

"자네는 어떻게 생각하나?"

갑작스런 카젠의 질문에 유카인이 황급히 정신을 차렸다.

"무슨 말씀이신지?"

"소에느의 주장 말일세."

"음......."

유카인이 한 달 전의 그때를 떠올린다.

〈저는 데인이 대공자가 되었으면 해요.〉

〈왜 그렇게 생각하는 것이냐?〉

〈대공자는 모든 면이 너무 압도적이에요. 도저히 그 나이를 믿기 힘들 지경이죠. 그 옛날의 오라버니처럼…….〉

서글픈 눈으로 사자왕을 바라보던 소에느.

〈두려워요.〉

그렇게 말하며 한참이나 입술을 짓씹던 그녀의 힘겨운 목소리.

〈정말로 루인이 대공자의 자리에 미련이 없다면 데인에게 주세요. 수많은 혈족들, 방계와 봉신가들…… 그들을 압도하는 것만으로는 또 다른 소에느가 나타날 뿐이에요. 베른의

역사가 증명하죠. 〉

〈대공자는 다르다. 〉

〈맞아요. 인정해요 그가 다르다는 걸. 하지만 그들은 그
대로예요. 단지 두려워서 마음을 숨길 뿐이죠. 그런 건 변화
가 아니에요. 〉

〈변화?〉

〈오라버니께서 진정 본 가의 변화를 이끌고 싶다면……
데인이어야 해요. 〉

〈저는 찬성!〉

손을 번쩍 들며 소에느의 의견을 동조하고 나서던 대공자
가 떠올라 유카인은 웃음이 터져 나오고 말았다.

"하하."

"음? 갑자기 왜 웃는 건가?"

유카인이 씁쓸하게 웃었다.

"생각하면 할수록 대공자는 정말 이상한 분입니다. 어떻게
그 나이에 대공자의 자리가 아무렇지 않을 수 있는 겁니까."

왕국의 기수.

한창 꿈 많은 검가의 소년, 그런 열혈의 마음이라면 반드시
쟁취하고 싶은 열망이었어야 했다.

"녀석은 뭔가를 초월한 느낌이야. 아비인 나조차도 그 마
음을 모두 헤아릴 수가 없으니. 게다가 요즘은 말이네."

"예?"

"녀석의 무심한 눈을 볼 때면 무슨 돌아가신 아버지 같은 느낌이 든다네. 자꾸만 부끄럽고 또 숨고 싶은 심정이야."

"무, 무슨 그런 말씀을!"

"저길 보게."

가주실의 책상 위로 산더미처럼 쌓여 있는 서류들.

진절머리가 난다는 듯 입꼬리를 파르르 떨던 카젠이 이를 꽉 깨물었다.

"매번 이상한 서류들을 가져오는데 읽으면 읽을수록 자꾸만 날 가르치려는 느낌이 강하게 든단 말이지. 마치 가주 수업을 받는 느낌이랄까?"

"제가 잠시 봐도 되겠습니까?"

"후회할 텐데."

서류 더미들을 가볍게 훑어보던 유카인이 그 아득한 활자의 향연에 머리가 지끈거렸다.

"이게 다……."

"농업학, 상업학, 수리학, 경제학, 군왕학…… 아 이 나이에 이게 무슨 꼴인지 모르겠군."

"어허! 대공자님의 무례가 도를 지나쳤습니다! 무시하십시오!"

"허허. 무시?"

어느덧 카젠의 얼굴에는 새하얀 탈력감이 내려앉아 있었다.

"아직도 그 녀석을 모르겠나? 녀석은 내게 한 번도 저 무시

206 하이베른가의
대공자 2

무시한 것들을 읽으라고 강요하지 않았네."

"그럼……?"

유카인의 얼굴에 가득 떠오른 의문.

곧 카젠이 이를 바득 갈며 울분을 토해 냈다.

"녀석은 기사의 승부욕을 너무 잘 알아. 지금 내 마음이 어떤 줄 아는가?"

"어떤……."

"녀석을 한 번이라도 이겨 보고 싶네! 언젠가는 소름 돋을 만큼 무감각한 녀석의 얼굴을 보기 좋게 일그러뜨리고 싶단 말일세!"

"예? 그, 그게 무슨?"

그때, 가주실의 문이 열리며 호위 기사 네하릴이 들어왔다.

"충! 대공자님의 접견 요청입니다."

카젠이 거칠게 콧김을 뿜었다.

"오냐! 오너라! 내 오늘은 기필코 네 녀석의 코를 납작하게……!"

무심한 얼굴로 가주실에 들어온 루인.

그가 곧 공손한 예법으로 허리를 숙이다 중간에 씨익 웃는다.

"오늘이 마지막이라는 거 잘 알고 계시죠?"

폭풍을 만난 듯 세차게 흔들리는 카젠의 동공.

"오늘이 마지막 기회라고……?"

"예 아버지. 오늘도 토론에서 지게 되신다면 제게 '그것'을 내놓으셔야만 합니다. 약속은 약속이니까요."

부들부들.

익살로 가득한 루인의 눈을 바라보던 카젠이 허탈하게 한숨을 쉬고 말았다.

매번 답안지나 다름없는 서류를 건네받았으면서도 단 한 번도 이기지 못했다.

49번을 내리 지기만 했는데 오늘이라고 결과가 다를 리 없는 것이다.

저 괴물 같은 아들놈이 지닌 지혜는 현자의 그것을 아득히 상회하는 것이니까.

"흠흠."

유카인이 억지로 웃음을 참아 가며 그런 둘을 지켜보고 있었다.

그가 어쩐지 퀭한 눈, 이제 보니 살이 좀 빠진 것 같은 카젠을 측은하게 바라본다.

"가주님. 대공자님이 원하시는 그게 뭐든 그냥 내어 주시는 게……."

"……그렇겠지?"

"자식을 이길 수는 없으니까요."

쓰게 입맛을 다시는 카젠.

곧 그가 허탈한 표정으로 서랍을 열었다.

카젠이 책상 위에 올려놓은 것은 빨간 스크롤.

스크롤의 봉인에는 르마델 왕실을 상징하는 청록색 드래곤이 선명하게 찍혀 있었다.

"가주님 이건?"

"보름 전, 대공자 앞으로 도착한 것이네."

"아, 왕립 아카데미의 입학 추천서군요."

루인이 냉랭한 눈으로 입학 추천서를 한 차례 훑더니 다시 아버지를 바라봤다.

"승부 없이 주시는 겁니까?"

"가져가거라."

혹시라도 무를까 싶어 전광석화처럼 입학 추천서를 낚아챈 루인이 이내 품속으로 갈무리했다.

"그럼 이만 물러가겠습니다."

루인이 예를 표하며 가주실을 나서려고 할 때, 유카인이 아쉬운 듯 입맛을 다시며 말했다.

"꼭 가셔야만 합니까 대공자님?"

척.

뒤돌아선 루인이 카젠과 유카인을 번갈아 응시한다.

"아버지, 유카인 삼촌."

진지한 그의 태도에 자세를 바로잡는 카젠.

"말해 보거라."

"만약에…… 만약에 말입니다."

더없이 강렬해진 눈빛.

"우리 하이베른가가 멸족의 위기에 닥친다면, 그래서 혈족들 중 하나만 살아남을 수 있다면 어쩌시겠습니까."

"뭐?"

"어떤 위협과 죽음의 난관에도 불굴의 정신으로 베른의 의지를 이을 수 있는 자. 적들의 더럽고 저열한 음모에 맞서 최후의 최후까지 남아 기어코 복수를 완성할 수 있는 자."

"……."

"적어도 그만 살아 있다면 모두가 웃으며 죽을 수 있는, 가문의 모든 영혼을 맡길 수 있는 자."

갑작스럽게 꺼낸 루인의 화두 앞에, 카젠과 유카인은 동시에 한 사람을 머릿속에 떠올렸다.

"너……."

"대공자님……."

루인이 보기 좋게 웃었다.

"저 역시 그렇게 생각합니다. 아무리 생각해 봐도 제가 가장 적합한 인물이죠."

어쩌면 오만하게 들리는 말.

하지만 카젠과 유카인은 결코 그의 말이 철없는 귀족 소년의 치기처럼 느껴지지 않았다.

"하이베른가의 숨은 검. 저는 그렇게 살겠습니다. 그게 저의 길입니다."

다시 멋들어지게 인사를 올리며 멀어져 가는 루인.

카젠의 침잠한 눈빛이 허공을 갈랐다.

"허허……."

대체 무엇으로 표현할 수 있을까.

지금의 이 마음을.

"하이베른가의 숨은 검(劍)이라."

힘없이 웃고 있는 카젠에게로 유카인의 자조 섞인 목소리
가 흘러들었다.

"이미 그는 완성되어 있군. 카젠."

끄덕끄덕.

"그래. 녀석은 누구보다 완전한 이 하이베른의 기사이지."

소에느의 흐릿한 망막에 투영된 것은 탁자 위의 조그마한
액자였다.

차곡차곡 짐 정리를 하면서도 차마 액자만은 치울 수 없었
던 소에느.

저며 오는 슬픔, 외면할 수 없는 자신의 죄업에 소에느는
또다시 고개를 숙였다.

마력 열상으로 찍힌 빛바랜 사진.

하이베른가의 아이들과 함께 다정하게 서 있는 자신.

'데아슈…….'

지금쯤 그 아이의 상처가 얼마나 클까.

고모에게 받아 왔던 그동안의 사랑이 모두 가식임을 깨달았을 때.

어머니를 죽인 존재가 고모라는 사실을 전해 들었을 때.

그 아이의 작은 세계는 산산이 부서졌을 것이었다.

그 여린 가슴에 유리 파편처럼 알알이 박힌 상처들은 앞으로 얼마나 더 쓰리고 미어질까.

곁에서 그 아이의 머리를 쓰다듬고 싶었다.

미안하다고 소리치며 안고 싶었다.

그러나 그럴 수 없었다.

그저 마주 바라보는 것만으로도 그 아이에겐 아픔이라는 것을 너무 잘 알기에.

오빠는 사자성에 남아도 괜찮다고 했지만 그럴 용기가 없었다.

반역자들의 구심점이었던 자신이 사자성에 남는다면 어떤 형태로든 갈등이 이어지게 될 것이었다.

그리고 무엇보다 다시금 욕망을 피워 낼 자신이 가장 두렵고 싫었다.

욕망이라는 불(火).

그것이 얼마나 뜨겁게 타오르는 불꽃인지 알면서도 자신의 삶은 무모한 불나방이었다.

그 어두운 불꽃에 휩싸인 인간의 마음이 어디까지 잔혹해질 수 있는지가 바로 자신이 증명해 온 삶.

이제 그런 악착같은 삶은 정말이지 끝내고 싶었다.

끼이이익-

갑작스런 낯선 소음에 문을 쳐다보는 소에느.

"……대공자?"

소에느는 이 깊은 밤에 대공자가 찾아올 줄은 생각지도 못했다.

곧 그녀가 황급히 눈가를 닦으며 옷매무새를 다듬었다.

"이 밤중에 웬일이니."

그렇게 말하는 소에느의 눈빛이 흔들리고 있었다.

허름한 로브와 짧게 자른 머리.

등에 맨 낡은 여행 가방과 나무 지팡이 하나.

전형적인 여행자의 행색.

대공자의 신분을 짐작할 수 있었던 모든 화려한 의복과 액세서리들이 그에게서 사라져 있었다.

"정말로 너는 이 가문을 떠나려고 하는구나."

루인은 말없이 소에느의 방을 천천히 훑고 있었다.

텅 빈 방 안.

차곡차곡 포개어진 짐들.

남아 있는 것은 그저 작은 탁자와 그 위의 액자, 그리고 이를 바라보고 있는 소에느뿐이었다.

"그건 당신도 마찬가지네."

이내 처연한 얼굴이 되어 웃고 있는 소에느.

함께 피식 웃던 루인이 낡은 가방을 벗어 내려놓더니 짐덩이 위에 아무렇게나 앉았다.

"아직도 찾지 못한 건가?"

"······찾다니?"

잠시 생각하던 소에느가 이내 깨달은 듯 씁쓸한 눈빛을 했다.

⟨ 진짜 속죄하고 싶다면 지금부터라도 당신의 가치를 찾아. ⟩

선명하게 떠오른 대공자의 당부.

하지만 그가 남긴 화두에 답할 말은 딱히 떠오르지 않았다.

지금에 와서 '가치'라니.

그런 것이 남아 있어서도, 앞으로 꿈꾸는 것도 자신에겐 사치였다.

"너무 큰 욕심이야 당신."

"응?"

"상처 입은 마음이 아무는 것은 말 그대로 과정이야. 세월이 필요하다고."

소에느가 말없이 입술을 깨물 때, 루인의 고요한 두 눈이 탁자 위의 액자를 향했다.

"당장 달려가서 저 아이들의 눈물을 닦아 주고 싶은 그 마음조차 당신의 고통을 빨리 덜어 내고 싶은 욕망일 뿐이야."

"그, 그건 아니야!"

하지만 루인은 냉정하게 고개를 가로저었다.

"인정해야 해."

루인이 후드의 모자를 덮어쓰며 자리에서 일어났다.

"인간의 자의식엔 절대로 멈출 수 없는 관성이 있어. 사람이 쉽게 바뀌지 않는 것은 바로 그 때문이지."

"대공자!"

"그런 자신을 인정해. 세월로 값을 생각보단 하루라도 빨리 용서를 받아 내고 싶은 욕망. 그 꿈틀거리는 마음을 참아내는 것만이 전부인 스스로를 받아들여. 그게 아니면 나아갈수 없어."

"정말 그런 게 아니야!"

루인이 고개를 끄덕인다.

"맞아. 나로선 아니길 바라야겠지. 하지만 욕망을 멈출 수 없는 것이 당신이라는 인간의 속성이라면 난 굳이 멈출 필요는 없다고 생각해."

소에느는 그런 루인을 멍하니 바라봤다.

자신의 욕망으로 일궈 낸 모든 것들이 이렇게까지 가문을 재앙으로 몰아갔다.

그 사실을 누구보다 잘 아는 대공자가 저런 말을 하는 것이 소에느는 도저히 이해되지 않았다.

"다만 그런 당신의 욕망이 우리 가문, 하이베른가가 아닌 외부로 향하길 바랄 뿐이야."

"외부……?"

루인의 시선이 기울어 가는 달빛에 흐드러진 창밖의 정원을 향했다.

"가문의 이익을 해칠 적은 수없이 많아. 당장은 무엇이 더 이득일지 눈알을 굴리고 있을 파네옴 광산의 상인들이겠지."

소에느가 고운 미간을 찌푸렸다.

"흥. 품위도 없는 장사치들 따위가."

어느새 고고한 귀족가의 영애로 돌아와 도도한 얼굴을 하고 있는 소에느의 모습에 루인은 웃음이 치밀었다.

"하하, 재미없을 것 같아?"

"그런 문제가 아니잖니. 한낱 장사치들 따위와 이익 다툼을 하라니. 그건 귀족으로서 수치스러운 일이야."

피식.

"당신도 순진한 아버지와 별반 다르지 않군. 이걸 다행이라고 해야 하나."

멋쩍은 얼굴로 미소 짓고 있는 루인.

소에느의 눈빛에 의문이 떠오를 무렵, 갑자기 그의 눈빛이 사납게 변했다.

"잘 들어. 그들은 우리처럼 막대한 유산이나 권력 따위로 싸워 온 자들이 아니야. 빵 한 조각, 땅 한 뼘, 동전 한 닢에 목숨을 걸어 온 자들이지."

"……."

"가진 것이 초라한 자들일수록 더욱 절박하고 악랄하거든. 그들은 귀족가의 체면과 명분, 고고한 자존심을 절묘하게 이용할 줄 알아."

"그들도 엄연히 우리 공국령에 속한 영지민인데 감히!"

"눈은 내리깔고 몸은 엎드리겠지. 입으로도 존경과 흠모를 가득 담아 공작가의 서사시를 읊어 대겠지."

"그게 다 거짓이란 말이니?"

"고귀한 베른가의 여인도 가문을 뒤엎기 위해 십 년이나 본심을 숨겼는데?"

"너……."

루인이 또다시 피식 웃었다.

"하물며 그런 당신보다 더욱 처절하고 절박하게 살아온 자들인데 과연 모든 걸 포기할 수 있을까? 그들이 그렇게 무르게 살았다면 그 거대한 상인 연합이 어떻게 수백 년 동안 지속될 수 있었지?"

소에느의 표정에 호기심이 서릴 무렵, 차갑게 잦아든 루인의 목소리가 다시 잔잔히 울려 퍼졌다.

"잘 들어 당신. 본 가의 순진한 기사들을 상대했던 때와는 비교도 할 수 없는 패배감을 맛보게 될 거야. 분명 철저하게 농락당하겠지."

순간 소에느의 눈매가 날카롭게 섰다.

"이 소에느 프란시아나를 뭘로 보고!"

"자신감만은 칭찬하지. 하지만 당신은 상인들을 몰라도 너무 몰라. 상대는 속속들이 이쪽을 파악하고 있는데, 당신의 상태가 이 정도라면 이미 끝난 게임이거든."

그 거대한 하이렌시아조차 왕국의 상인 연합을 만만하게 보지 않고 오히려 협력한다.

상인들은 암중으로 귀족과 왕실의 명분을 움직이고 그 사이에서 이득을 취한다.

이득을 위해서라면 어떤 일도 저지를 수 있는 자들, 그게 바로 상인들이었다.

무엇이 그리 분한지 어느덧 활활 타오르고 있는 소에느의 눈빛.

루인이 그런 그녀를 흡족하다는 듯이 바라봤다.

"세상은 넓어. 그런 교활한 상인들까지 권력의 방패로 활용하는 귀족들이 이미 수도 없이 많으니까. 이 하이베른가에서의 권력 다툼? 그런 건 이 사자성 밖에서는 고작 아이의 싸움 같은 거거든."

"너……."

입꼬리까지 파르르 떨고 있는 소에느를 향해 루인이 의미심장한 미소를 흘렸다.

"그럼 증명해 보시든가."

"뭐……?"

"진정한 욕망의 진창은 이 사자성 밖에 있어. 그곳에서도 당신의 욕망이 우뚝 설 수 있다면, 왕국의 모든 귀족가들을 당신이 평정할 수 있다면⋯⋯."

루인의 미소가 멈추고 상상할 수 없는 권위가 그의 전신에 내려앉았다.

"그땐 진실로 '베른'으로 인정해 주지. 나도 아버지도, 내 형제들도."

"⋯⋯대공자."

루인이 소에느에게서 돌아서며 어두운 회랑 속으로 걸어갔다.

"당신의 욕망도 눈부실 수 있다는 것을 아버지와 데인에게 보여 줘. 그게 당신이 지금 할 수 있는 가장 최선이고 증명일 것 같군."

루인의 발걸음이 다시 이어지자 잠시 머뭇거리던 소에느가 이내 허공에 손을 뻗었다.

"잠시, 잠시만 대공자."

멈칫.

깊은 어둠 속에서 루인의 두 눈이 차갑게 빛났다.

"왜? 이제 가야 해."

소에느가 입술을 꼭 깨물며 힘겹게 입을 열었다.

"⋯⋯석방이 가능할까?"

무표정한 얼굴로 고개를 끄덕이는 루인.

지하 감옥에 있는 반역자들의 석방 문제는 이미 아버지와 이야기를 끝낸 후였다.

"그래. 자신의 사람도 없이 적을 상대할 수는 없으니까. 지하 감옥의 기사들을 다루는 일이라면 어쩌면 아버지보다 당신이 더 적합할지도."

"그럼 다시 그들과……."

"그 문제는 오히려 니젠 사령관을 통하면 더 빠를 거야."

그제야 깨달은 듯 환해진 소에느의 얼굴.

가주와 대공자, 그리고 데인, 또 가문의 친위 기사와 오대 봉신가의 가주로부터 부여받은 대속의 권능.

그 모든 명예와 권위를 짊어진 니젠은 이제 대공자와 맞먹는 존재가 되어 있었다.

"너무 고마워. 정말로."

다시 뒤돌아서는 루인.

"아직 그런 얼굴은 보기 힘들군."

가늘게 떨리고 있는 대공자의 어깨.

자신의 기쁜 표정을 보기 힘들다는 그의 말.

그것이 무슨 의미인지 가슴에 너무나도 절절히 스며들기에 소에느는 흐느껴 울기 시작했다.

"흐윽…… 흑흑……."

"나, 그리고 내 형제들. 어머니를 앗아 간 당신을 아마 평생 용서할 수 없겠지. 다만 아버지가 당신을 사랑하기에……."

억누르는 듯 답답한 루인의 음성이 흘러나왔다.

"……그저 삼킬 뿐이야."

"흑흑……!"

점점 멀어져 가는 음성.

"나도, 내 동생들도. 그리고 고모도."

"……."

"일단은 견뎌 보자고. 혹시라도 세월이 지나고 나면 다 함께 웃을 수 있을지도 모르니까."

소에느가 멍하니 루인이 사라져 간 자리를 바라본다.

'날 고모라고……?'

자 차가운 하이베른가의 대공자가 자신을 고모라 불러 주었다.

그런 소에느가 형용할 수 없는 감정에 북받쳐 뭐라 외치려는 찰나.

"루인! 나는! 이 고모는……!"

-지금은 이 정도로 만족해. 나 간다.

흔들흔들.

하이베른가의 대공자, 루인의 휘젓는 팔이 저 멀리 흐릿하게 보인다.

소에느도 간신히 울음을 삼키며 함께 손을 흔들었다.

"안녕. 루인……."

저 멀리 떠나가 이미 대공자는 보이지 않았다.

그러나 소에느의 흔드는 손은 한참 동안 잦아들지 않았다.

◆ ◆ ◆

짙은 어둠이 내리깔린 사자성의 성문 밖.

"이걸 받거라."

데인이 아버지가 건네는 서류 뭉치를 바라보며 고개를 갸웃거렸다.

그것은 책도, 그렇다고 스크롤도 아닌 말 그대로 종이 뭉치 같은 것이었다.

한데 정성스럽게 차곡차곡 개어 금실로 묶여 있는 그 모습이 왠지 심상치 않았다.

"네 형이 우리 가문에 남긴 '지혜'다."

"예?"

깜짝 놀라며 급히 서류 뭉치를 훑어보는 데인에게 다시 카젠의 음성이 이어졌다.

"하인들에게 물어보니 무려 보름 동안 아무것도 하지 않고 오직 이것만 집필했다더구나."

"아 그래서……."

한사코 자신의 방문을 거절했던 형.

그렇지 않아도 그런 형에게 무슨 일이라도 생긴 건 아닌지 내내 걱정해 온 데인이었다.

"후……."

허탈하게 웃고 있는 카젠.

얼마 전 알게 되었다.

루인이 자연스럽게 이끌었던 토론 배틀이, 사실은 이 지혜를 가문에 남기기 위한 과정에 불과했다는 것을.

"그 서류에는 가문의 경영자가 지녀야 할 갖가지 소양, 앞으로 우리 가문에 닥칠 무수한 경우의 수, 그리고 그때를 대비한 여러 대응 방안이 적혀 있다."

"예? 형님이 무슨 점쟁이도 아니고."

그게 가능하냐고 묻는 듯한 데인의 황당한 눈빛.

카젠이 한숨을 내쉬었다.

"후, 점쟁이더구나. 아니 점쟁이겠지. 나도 이제 무슨 말을 어떻게 해야 할지 모르겠다. 너도 읽어 보면 이해가 될 테니 시간이 날 때마다 틈틈이 살펴보거라."

"예. 아버지."

피식 웃으며 대답하는 데인.

하긴 형님의 신비한 능력이 어디 한두 가지여야지.

그때, 저 멀리 성문 안쪽에서 하이베른가의 대공자, 루인이 천천히 걸어 나오고 있었다.

지근거리에서 카젠을 호위하고 있던 유카인이 가장 먼저

그를 알아보고 예법을 표했다.

척.

"대공자님."

은은한 달빛에 드러난 루인의 얼굴.

한껏 찡그린 그의 두 눈이 금방 카젠을 향했다.

"와, 진짜 소름이 다 돋네. 그렇게 은밀하게 준비했는데 이렇게 배웅을 나온다고요?"

카젠이 씨익 웃는다.

"아직은 나의 사자성(獅子城)이지 않느냐."

데인의 얼굴이 굳어졌다.

형의 달라진 행색에 가슴이 무거워진 것이다.

흔한 여행자의 복식, 하지만 너무 낡고 더러워 얼핏 보면 부랑자에 가까웠다.

"형님. 그래도 이런 옷은 너무……."

아무리 신분을 감추는 것이 중요하다지만 형은 대 하이베른가의 대공자다.

평민 정도로 꾸미면 될 텐데 굳이 이렇게까지 초라해질 필요는 없었다.

분명 형의 행색만 보고 가볍게 여기는 자들을 수도 없이 만날 것이다.

"눈에 덜 띄는 쪽이 편하다. 걱정 말거라. 내 몸 하나쯤은 지킬 수 있으니. 너도 잘 알지 않느냐."

"······."

하긴, 왕국의 천재라 불리는 자신을 고작 두 합 만에 제압한 형이었다.

고위 기사도 아니고 불량배 정도쯤은 형에게 아무런 위협도 되지 못할 것이다.

루인이 곧 친위 기사 유카인의 앞에 섰다.

"유카인 삼촌이 있어 마음 편하게 떠날 수 있습니다. 부디 아버지를 잘 부탁드리겠습니다."

루인의 그 말에 인상을 찡그리는 카젠.

"감히 이 카젠을 어린아이 취급한단 말이냐?"

루인이 슬며시 웃으며 아버지를 마주 바라보았다.

"오히려 아이가 아니라서 문제죠."

"이 녀석······."

루인의 말 속에 담긴 의미를 카젠도 모르지 않았다.

유카인의 장점은 단순한 호위나 업무의 도움 같은 것으로 접근할 수 없었다.

그는 가주 카젠의 사상과 마음을 누구보다 깊게 이해하는 자.

그가 아니었다면 카젠은 지난 십 년 동안 몇 번이고 마음이 무너졌을 것이다.

"데인이 성년이 되면, 제가 병세 악화로 대공자의 임무를 수행할 수 없다고 공표해 주시죠. 아니 그냥 아예 병으로 죽었다고 하는 쪽이 더 편하려나?"

가주의 위계는 가문의 장자로 이어져야만 하는 것이 르마델의 왕법.

이를 어긴다면 왕법을 지키지 않았다는 명분으로 어떤 식으로든 가문에게 압박이 가해질 것이다.

그러므로 특별한 사유도 없이 데인을 대공자로 만들 순 없었다.

"루인."

어느새 비어 버린 눈으로 루인을 바라보고 있는 카젠.

그야말로 감정 한 점 일렁이지 않는 눈빛이었으나, 루인은 아버지가 얼마나 안타까워하고 있는지를 절절히 느낄 수 있었다.

"전 괜찮습니다."

하이베른가의 숨은 검.

공을 세워도 공표할 수도 없고 마땅히 보장된 예우와 권위도 누릴 수 없는 지독히 외로운 길.

그에게는 이제 영광이 들어설 수 없으며 명예도 뒤따르지 않을 것이다.

카젠은 그것이 너무나 마음이 아팠다.

"내 입으로 어찌 아들의 죽음을 말하란 말이냐. 넌 참으로 이 아비에게 가혹하구나."

"그게 가장 확실한 방법이니까요. 하긴 조금 힘들긴 하겠네요. 제 진면목을 직접 본 기사들이 너무 많아서. 이미 렌시아 놈들이 제 존재와 위상을 알고 있을지도 모릅니다."

"본 가에 첩자는 없다."

일말의 여지조차 두지 않는 사자왕의 자부심.

그러나 루인은 그런 확신이 얼마나 허무한 결과로 이어질 수 있는지를 지난 생에서 혹독하게 경험했다.

"함부로 확신하지 마세요. 아버지의 그런 믿음이 확고할수록 상대는 오히려 그 믿음을 활용할 수 있습니다."

그런 루인의 말을 카젠은 무시할 수 없었다.

가문의 기사도를 향한 자신의 믿음.

그것이 얼마나 허무하게 무너져 내릴 수 있는지, 루인에 의해 지난 몇 달 동안 뼈저리게 느꼈기 때문이다.

"왕실에 제 병세 악화를 알리는 쪽으로 가시죠. 십 년이나 누워 있었던 몸이니 아마 렌시아 놈들도 크게 의심하지 않을 겁니다."

"그렇게 하마."

그때.

갑자기 카젠이 허공을 향해 손짓하자.

마치 허공에서 생겨나듯 두 명의 집행자가 몸을 드러냈다.

"충!"

"충!"

묵묵히 고개를 끄덕이며 집행자들의 예를 받아 주던 카젠이 다시 루인을 응시했다.

"왕실 문제는 네 의견을 따를 테니 너 역시 나의 요구를 하나 들어 다오."

하지만 단호하게 고개를 가로젓는 루인.

"아버지. 싫습니다."

"대 하이베른가의 혈족이 그런 초라한 모습으로 긴 여행길에 나섰다! 호위는 필수 불가결이니 잔말 말고 내 명에 따르거라!"

화를 내는 아버지 앞에서 루인은 더욱 단호하게 말했다.

"그렇다면 고귀한 하이베른가의 혈족이 약속을 어기고 맹세를 저버리는 건 온당한 일입니까?"

이미 루인은 현자 에기오스에게 신분을 드러내지 않겠다고 마법사의 의식으로 맹세했다.

흑암의 공포, 대마도사의 영혼을 지닌 루인으로서는 마법사의 이름으로 약속한 맹세를 결코 저버릴 수가 없었다.

"본 가의 집행자들이다. 이들의 은신술은 왕국에서 가장 뛰어나다."

"왕실에는 초인이 있습니다 아버지. 아시잖아요?"

가주 직속의 집행자들이 아무리 은신술이 뛰어나다고 해도 초인의 감각을 속일 순 없다.

시공간의 비틀림마저 인지하는 초인 앞에서 집행자들이 무슨 수로 몸을 숨긴단 말인가?

"후우……."

긴 한숨을 내쉬는 아버지를 바라보며 미간을 찌푸리는 루인.

"대체 저를 뭘로 보십니까?"

"뭐……?"

갑자기 강렬한 빛을 발하는 루인의 두 눈.

"제가 다시 가문에 돌아왔을 때, 아버지는 더 이상 저와 토론으로 승부하실 수 없을 겁니다."

루인의 시선이 자신의 허리춤에 향해 있는 것을 인지한 카젠이 입술을 기괴하게 비틀었다.

"이 사흘의 용맹을 상대하겠다는 것이냐?"

"투기를 전성기 수준, 아니 어쩌면 그 이상까지 이룩하셔야 할 겁니다."

"크하하하하하!"

우르르르릉-!

강대한 투기가 섞인 카젠의 웃음소리에 사자성의 성벽이 거칠게 흔들린다.

"넌 그 말이 어떤 의미인 줄 알긴 아느냐?"

초인의 경지를 목전에 두고 있는 카젠.

지금 루인의 말은 자신더러 초인이 되어 승부에 임해 달란 뜻이나 마찬가지.

"초인 정도가 아니면 제 마법을 받아 낼 자격이 없죠."

씨익.

자신만큼이나 기괴하게 비틀려 있는 루인의 미소.

실로 건방지기 짝이 없었으나 오히려 카젠은 지금까지의 화가 다 풀려 버렸다.

"오냐! 그 말을 꼭 지켜야 할 것이다! 이 카젠의 기대를 충족시키지 못한다면 그땐 무조건 내 명에 따르는 삶을 살거라!"

"제가 이긴다면 제 소원도 들어주셔야 할 겁니다."

"좋다!"

"무르기 없기입니다."

그렇게 호쾌하게 약속한 루인이 멍한 얼굴로 자신을 바라보고 있는 데인에게 다가갔다.

"내가 없어도 잘할 수 있겠느냐?"

"아, 걱정하지 않으셔도 됩니다."

"녀석……."

데인의 머리를 헝클며 흡족해하는 루인.

이내 데인은 주변을 훑으며 아쉬운 표정을 하고 있는 형에게 담담히 말했다.

"데아슈와 위폰도 알아 버렸습니다."

"음……."

루인의 얼굴이 금방 안타까움으로 물든다.

어린 동생들도 언젠가는 알게 될 테지만 루인은 최대한 녀석들이 늦게 알길 바랐다.

그러나 뒤숭숭한 소문에 시종들마저 수군덕거리는 마당.

아무리 어린아이들이었지만 녀석들도 대 하이베른가의 혈

족이었다. 시종들만 추궁해도 금방 알 수 있는 것이다.

"충격이 클 것이다. 동생들을 잘 보살펴야 한다. 할 수 있겠지?"

"서로의 등을 쓰다듬으며 눈을 보면 됩니다."

"하하."

떠나갈 형의 걱정을 덜어 주기 위해 농담까지 할 줄 아는 데인을 바라보자니 정말이지 다 컸구나 싶었다.

"우리 형제들만이 아니다. 부모의 배덕을 알아 버린 것만으로도 큰 충격인데 부모의 죽음까지 겪었다. 많은 방계와 봉신가의 아이들이 슬픔에 잠겨 있을 테지. 충성을 강요하는 것만으로는 결코 그 아이들의 마음을 하나로 묶지 못한다."

"저는 개 주인이 아닙니다."

"그래. 그들을 늘 가까이하고 위로하거라."

슬며시 웃고 있는 동생을 바라보며 루인은 더할 나위 없이 흡족했다.

데인과 함께 보낸 시간은 결코 헛된 수고가 아니었다.

"하이베른의 대공자, 루인. 몽델리아 산맥의 정령 아래 가주님께 맹세합니다."

대공자가 자신을 향해 멋들어진 예법으로 몸을 숙이자 카젠 역시 가주의 위엄을 되찾았다.

"하이베른가의 가주, 카젠. 몽델리아 산맥의 정령 아래 그 오롯한 맹세를 친히 듣겠다."

"성장하겠습니다. 죽지 않겠습니다. 그리고 반드시 돌아오겠습니다."

지극히 단순 명료한 세 마디의 다짐.

그러나 그 다짐들은 아버지가 듣고 싶은 모든 말이었다.

카젠은 말할 수 없이 솟구치는 믿음을 입을 열어 노래했다.

"믿겠다. 믿겠다 나의 대공자."

멀어지는 대공자의 뒷모습을 바라보며 데인과 유카인이 최대한의 마음을 담아 예를 건넸다.

카젠 역시 하이베른가의 대공자, 루인의 앞날을 내내 그 자리에 서서 축원하고 있었다.

Chapter. 13

차가운 밤공기에 루인이 로브를 추슬렀다.

고개를 들어 하늘을 바라본다.

어지럽게 우거진 숲 사이로 달빛 한 점 새어 들어오지 않았다.

역시 비가 올 모양이었다.

스스슥

루인이 서둘러 수풀을 헤집고 주변을 살폈다.

루인은 벨가노아 숲의 밤이 얼마나 혹독한지를 잘 알고 있었다.

비가 내리면 습기를 잔뜩 머금은 벨가노아 숲은 늪지대가 된다.

그것도 그냥 늪이 아니라, 오랜 세월 낙엽, 곤충, 동물들의 사체 따위로 범벅이 된 늪, 즉 독성을 품은 늪지대로 변하는 것이다.

당연히 그런 늪은 당분간 온갖 독충과 식인 벌레들의 서식지가 된다.

이런 상황에서는 불을 확보하는 것이 가장 중요했다.

하지만 주변의 모든 나무들이 잔뜩 습기를 머금고 있어 불을 지피는 것이 불가능했다.

하는 수 없이 루인은 마나홀을 소환했다.

화르르르르-

영롱한 빛깔로 회전하고 있는 마나홀을 주변으로 비춘다.

다행히 별다른 위험 인자를 발견할 수 없었기에 루인은 곧바로 자리를 잡기 시작했다.

단숨에 생명력을 치환하여 혈주투계를 운용.

제법 큰 나무의 밑동 부분을 향해 루인이 곧바로 주먹을 휘둘렀다.

콰앙!

짜지지직-

물결처럼 뻗어 나간 파동.

그대로 나무에 시원하게 구멍이 뚫리자 루인이 서둘러 들어섰다.

-허!

고작 나무에 구멍이나 내자고 생명력까지 치환하여 혈주
투계를 운용하다니.

사흘의 사념이 언제 깨어날지 몰라 내내 긴장하며 침묵하
던 쟈이로벨이 오랜만에 걸쭉한 욕설을 해 왔다.

-미친 새끼. 본 마신의 혈주투계가 무슨 도끼더냐?

루인이 가볍게 그의 말을 무시하고 꼼꼼하게 로브 자락을
이불처럼 덮어썼다.

벨가노아 숲에서 긴 밤을 나려면 체온의 유지가 무엇보다
중요했다.

"잘 거니까 말 걸지 마."

-정말 미련한 놈이구나. 가문에 썩어날 정도로 돈이 많은
녀석이 왜 이렇게 무식하게 도보를 선택한 것이냐?

"마신이 인간의 삶 따위를 이해할 리가 없지."

말이나 마차를 타면 그 모든 것이 흔적이다.

가문의 말은 대부분이 전마(戰馬)이므로 어딜 가나 눈에
띌 것이고, 상인들에게 마차를 구입한다 해도 그 역시 구매

기록이 남게 된다.

이왕 가문의 숨은 검으로 살게 된 이상, 흔적을 마구 뿌리고 다닐 수는 없었다.

-게다가 이 험한 숲으로는 왜 온 것이냐? 여긴 르마델 왕성을 향한 지름길도 아니지 않느냐?

쟈이로벨의 말대로 루인은 왕성으로 향하는 가장 빠른 길목인 세헬가 쪽으로 가지 않았다.

오히려 그 반대인 벨가노아 숲으로 와 버린 상황. 이건 거의 빙 돌아가는 수준이나 다름이 없었다.

"찾을 사람이 있다."

벨가노아의 숲을 지나 만날 수 있는 황금 거인 산.

그 산자락의 끝에 위태롭게 팬 거대한 협곡.

그런 독특한 지형으로 협곡의 모든 바람이 모이는 마을.

황금 거인의 기침이 머무는 곳.

그 바람의 마을에 그가 있었다.

음울한 루인의 눈이 밤하늘을 향했다.

"시르하."

힘겹게 벨가노아의 숲을 빠져나온 루인이 바람의 마을, 페이리스에 도착했다.

그의 눈앞에 가장 먼저 펼쳐진 것은 산양들과 함께 뛰어노는 아이들의 무리였다.

바람개비를 손에 들고 정신없이 뛰어다니는 소년들.

들판에 아무렇게나 널브러져 함께 웃고 있는 소녀들.

시르하가 지켜야만 했고, 우리가 살렸어야 할 모든 아이들이 그렇게 모두 눈앞에 있었다.

계속 바라보기가 힘들었다.

지금 이 순간이 재앙 이전의 과거라는 것을 알고 있음에도, 자신의 시선이 닿는 순간 모두 사라져 버릴까 봐 두려웠다.

평화.

지난 생 내내 꿈꿔 왔던 환상.

"후……."

루인이 있는 힘껏 입술을 깨물어 차오르는 슬픔을 억눌렀다.

그러나 제멋대로 헝클어지기 시작한 감정을 끝내 가다듬을 수는 없었다.

이건 놈을 죽이고 난 후의 평화가 아니었다.

자신과 동료들이 지키고자 했던 평화는 더더욱 아니었다.

이건 그저 재앙 이전의 거짓 평화일 뿐.

어느덧 루인의 가슴에 차가운 감정이 무겁게 나락졌다.

내가 왔으니까.

이 흑암의 공포가 돌아왔으니까.

이제 놈은 한 번도 상상해 보지 못한 거대한 적을 마주하게 될 것이다.

그것은 다짐이라기보단 선언에 가까웠다.

한 인간의 의지라기보단 절규에 가까웠다.

핏물을 삼키며 견딘 억눌림에 가까웠으며, 죽음 속을 걸어 나온 자의 비명에 가까웠다.

비틀리고 메마른 증오.

그렇게 잿빛처럼 어두운 루인의 감정들이 혈주마공의 기운으로 어지럽게 흘러나왔을 때.

아이들의 비명 소리가 들판에 울려 퍼졌다.

"어어! 양들이! 애들아 어디 가!"

"꺄아아악! 잡아!"

거칠게 날뛰며 사방으로 흩어지는 산양들.

루인이 감정을 제어하지 못한 스스로를 책망하며 아이들에게 다가갔다.

"어? 여행자 형아다!"

"이방인!"

낯선 이를 향한 경계와 호기심을 함께 드러내는 아이들.

루인이 부드럽게 웃으며 그런 아이들을 바라본다.

"부탁 하나 들어줄 수 있겠니?"

가장 먼저 반응을 보인 아이는 맑은 눈망울이 인상적인 큰 덩치의 소년이었다.

"돌아가라! 촌장님은 이방인을 경계하라고 했다!"

챙이 넓은 모자, 널따란 판초, 허리춤에 매달린 무거운 사냥돌, 손에 들고 있는 가죽 채찍까지.

아마도 이 녀석이 일대의 목초지를 지키고 있는 가우초(Gaúcho)일 것이다.

아직은 목동 정도로 보이는 나이였지만, 가우초의 복식을 하고 있는 점이 기이했다.

루인이 로브의 소매를 보이다가 이내 한 바퀴를 돌았다.

"난 무기가 없다. 너희하고 나이도 얼마 차이 나지 않아."

"그래! 그냥 여행자 형아야!"

"너무 말랐어! 배가 고파 보여!"

아이들이 가우초의 복식을 한 소년에게 달려들며 핀잔을 줬다.

하지만 가우초 소년은 아이들의 책임자답게 여전히 경계심을 풀지 않았다.

"어느 마을에서 왔지?"

"파네옴."

그제야 마음이 풀어진 듯한 가우초 소년.

이내 그가 작게 한숨을 쉬며 다시 입을 열었다.

"파네옴 광산의 소식은 들었다. 하지만 우리 마을은 유랑민을 받아 주기엔 너무 가난하다. 넌 우리 마을이 아니라 베른 공작령으로 갔어야 해."

"난 이 마을에 정착하려고 온 것이 아니다."

"그럼?"

루인이 휘몰아치는 바람의 비명 소리가 울려 퍼지는 곳, 황금 거인 산을 조용히 응시했다.

"……친구를 찾고 있다."

"친구? 그게 누구?"

생전 처음 보는 이방인.

그런 이방인의 친구가 어째서 우리 마을에?

가우초 소년은 오히려 더욱 미심쩍다는 눈초리로 루인의 위아래를 훑고 있었다.

"시르하."

순간.

"시르하……?"

"그 괴물 녀석의 친구라고?"

하나같이 얼굴을 일그러뜨리며 더욱 루인을 경계하는 아이들.

그런 아이들의 급작스런 반응에 루인은 당황할 수밖에 없었다.

"시르하가 괴물이라니 그게 무슨 소리지?"

"불길한 시르하!"

"저주받은 시르하!"

아이들이 저마다 불같은 감정을 토해 내며 방방 날뛰고 있을 때, 가우초 소년도 루인에게 버럭 소리를 질러 왔다.

"황금 거인 산의 저주를 받은 놈이다! 그런 저주받은 놈의 친구라니 썩 꺼져라!"

"뭐……?"

갑자기 루인에게 달려들어 아우성치는 아이들.

루인은 아이들의 그런 거친 반응에 당황하면서도 내내 머릿속에선 의문이 떠나지 않았다.

'시르하가 무슨 저주를…….'

죽음의 공포 속에서도 동료들의 마음을 한없이 편안하게 해 줬던, 그야말로 바람 같은 미소를 지닌 시르하였다.

그의 따뜻한 마음은 오히려 성녀보다도 아군에 더욱 큰 힘이 되어 주었다.

순간 루인은 갑작스럽게 옛 추억이 떠올랐다.

최후의 전장, 테네브리가 성.

화염에 휩싸인 진지를 박차고 나온 시르하가 자신을 향해 무심코 던졌던 말.

허무한 감정에 짓눌린 듯, 지독하게 떨려 왔던 그의 목소리.

-그때 누가 날 안아 줬다면, 괜찮다고 한마디만 해 줬다면…….

-루인…… 이 내가…… 이 시르하가 모두를 살릴 수 있었을까.

루인의 음울한 시선이 저 멀리 보이는 페이리스 마을을 향했다.

바람을 닮았던 녀석을, 시르하를 한시라도 빨리 만나 보고 싶었다.

◆ ◆ ◆

시르하가 있는 곳을 찾는 것은 어렵지 않았다.

시르하라는 이름을 꺼냈을 때, 마을 사람들 모두가 불길한 눈으로 계곡 깊숙한 곳을 바라보았기 때문이다.

저벅저벅.

계곡이 깊어지면 깊어질수록 싯누런 리렘 나무들은 더 빽빽해졌다.

이 거대한 산이 황금 거인 산이라 불리는 이유였다.

쏴아아아아아아-

또다시 몰아치는 계곡 돌풍.

황금빛 나뭇잎들이 사방으로 흩날리며 루인의 시야를 어지럽혔다.

갑자기 걷기가 힘들 정도로 세차게 불어오는 이 바람이 왜 황금 거인의 기침이라고 불리는지 루인은 곧바로 이해했다.

그때 굉음이 들려왔다.

콰아아앙-

계곡 전체를 울려 오는 강력한 타격음.

곧장 저 멀리 육중한 리렘 나무 하나가 천천히 기울어지며 기다란 비명을 질러 댔다.

꽈지지지직!

동시에 밀려오는 강력한 투기 파장!

루인의 입꼬리가 슬며시 올라갔다.

사방을 옥죄어 오는 투기를 느끼자마자 깨달았다. 녀석이 이 계곡에 있다는 것을.

"……."

빠르게 산을 오르던 루인이 멈춰 섰다.

눈앞에 벌어진 광경에 그대로 얼어붙고 만 것이다.

온갖 기괴한 형태로 쓰러져 있는 리렘 나무들.

까마득한 정상까지 뻗어 있는 직선로, 마치 케이크에 팬 자국 같은 일직선의 공터.

루인의 흔들리는 시선이 만신창이가 된 리렘 나무들을 훑었다.

처참하게 우그러진 자국들에는 핏자국으로 가득했다.

이건 수련이 아니었다.

한눈에 느낄 수 있는 증오였다.

루인이 거친 수풀을 헤집으며 정신없이 정상부에 다다랐을 때.

녀석이, 시르하가 서 있었다.

"……."

아무렇게나 헝클어진 머리칼 사이.

음산하게 드러난 시르하의 두 눈은 마치 상처 입은 짐승 같
았다.

상처받은 증오심 같기도, 메마른 허무함 같기도 했으나 어
느 쪽이든 루인은 처참하게 가슴이 아려 왔다.

입을 열어 그 아픔을 물어보고 싶어도 그럴 수가 없었다.

그의 의식은 선명하지 않았다.

흐트러진 호흡, 미약하게 흘러나오는 투기.

서 있기조차 힘든 상태로 오직 의지만으로 저렇게 악착같
이 버티고 있었다.

'그랬구나. 시르하.'

네 웃음은 이 모든 걸 견디고 난 후에야 그렇게 찬란히 피
어났구나.

형편없이 떨리고 있는 저 몸으로, 수도 없는 감정의 사선을
견디고 견뎌, 모든 것이 흐릿해지고 나서야 그렇게 환하게 웃
었던 너구나.

루인은 그저 웃어 주었다.

오랜 세월, 그 처절한 절망을 견디며 이렇게 시르하 앞에
섰지만, 자신은 그저 웃는 것밖에 해 줄 것이 없었다.

"왜…… 웃는…… 거지……?"

간헐적으로 꺾이는 소리, 감정 한 점 느껴지지 않는 시르하

의 목소리.

루인은 피가 굳고 굳어 새까맣게 변해 버린 시르하의 주먹을 저릿하게 바라보았다.

무엇을 잊기 위해, 또 무엇을 얻기 위해 저리도 휘두른 걸까.

그렇게 둑처럼 터져 나온 감정이 입을 비집고 흘러내렸다.

"시르하."

휘청이며 다가간다.

반쯤 의식을 걸친 채로 의뭉스럽게 자신을 바라보고 있는 시르하.

그런 녀석의 무표정한 얼굴을 루인이 마주 바라본다.

"넌…… 누구……?"

복잡하게 엉킨 시르하의 감정이 느껴졌다.

루인은 그저 말없이 그의 두 손을 잡았다.

"……아프겠구나."

바람의 대행자.

질풍의 시르하.

흑암의 공포, 대마도사 루인의 삶이 그러했던 것처럼 시르하에게도 이렇게 모진 과거가 있었다.

그럼에도 루인은 모두에게 따뜻함을 내어 주던 시르하만큼은 다를 것이라 믿고 싶었다.

하지만 이렇게 시르하는 어쩌면 자신보다, 아니 누구보다 더 힘든 사연 속에서 사는 것 같았다.

"……아프지 않아."

이따위는 아무것도 아니라는 듯 주먹을 털어 내는 시르하.

어느새 무감각하게 돌아가 버린 그의 두 눈이 다시 황금 거인 산의 정상을 향했다.

그가 다시 비척이며 걸어갈 때 루인이 그의 어깨를 잡았다.

"조금만 쉬자. 시르하."

시르하가 자신의 어깨를 붙잡고 있는 이방인의 손을 느릿하게 바라봤다.

자신을 발견하고도 도망치지 않은 첫 인간.

마음속에 작은 의아함이 번졌지만, 자신은 나아가야 했다.

"이것 놔…… 나는…… 가야 해."

루인이 희뿌연 구름 속에 감춰진 황금 거인 산의 정상을 함께 바라봤다.

"저곳에 뭐가 있지?"

갑작스런 질문.

시르하의 눈빛에 동요가 번졌다.

그렇게 흐트러진 시르하의 마음 사이로 다시 루인의 음성이 비집고 들어갔다.

"아무것도 없구나."

"……."

시르하의 맹목적인 전진에는 사실 아무런 의미가 없었다.

그 옛날 흑암의 공포가 그랬던 것처럼.

그것은 그저 과거의 환영 속에 허우적거리는 몸부림이었다.

이지러진 마음을 견디고 싶어 하는 갈망일 뿐이었다.

루인이 수풀에 앉아 시르하를 올려다보았다.

"같이 앉자."

"……그러지."

풀썩.

반쯤 풀어진 시르하의 눈.

루인이 좀 더 그에게 다가가 앉았다.

"사실은 아프잖아."

시르하는 자신의 형편없는 주먹을 내려다보며 고개를 가로저었다.

"정말로…… 아프지 않다……."

루인은 말없이 그의 주먹을 감싸 쥐었다.

녀석이 이렇게 거짓말을 잘했다니.

"아……? 이게 무슨 짓……?"

주먹을 만지더니 갑자기 자신을 안아 오는 이방인.

그렇게 시르하가 당황하며 물러나려 할 때였다.

루인은 더욱 그를 깊게 안으며 등을 쓸었다.

그렇게 시르하는 어색하게 안긴 채 뜻 모를 감정으로 굳어 버렸다.

잃어버린 감정, 오랜 시간 동안 잊고 있었던 그 따뜻함이 온몸으로 번져 나갔다.

"아, 아⋯⋯."

잃어버린 감정이기에 표현할 수 없었다.

시르하는 자신의 거칠고 차가운 주먹을 억지로 폈다.

"크으으으⋯⋯."

시르하는 주먹을 펴는 것이 얼마만인지 생각이 나지 않았다.

"괜찮다. 괜찮다 시르하."

순간.

"아으⋯⋯ 아으아아⋯⋯."

파들파들 떨리는 시르하의 두 손이 루인의 등을 안았다.

이유를 알 수 없는 감정이 물밀듯이 밀려와 가슴속을 휘저었다.

"그래. 시르하."

떨려 오는 녀석의 감정을 고스란히 느끼며 루인은 눈을 감았다. 그때 시르하가 원했던 위로가 무엇인지 이제야 모두 깨닫게 된 것이다.

"어으으으! 어으으으윽!"

꺽꺽 넘어가는 시르하의 울음소리가 황금 거인 산을 가득 메웠다.

루인은 이제야 시르하를 찾아온 자신을 책망하고 있었다.

《저주받은 괴물을 죽여라!》

느릿하게 자신의 발을 보았다.

엄마와 자신을 구속하고 있는 이 빌어먹을 족쇄.

마을 사람들의 고함 소리는 더욱 가깝게 들려오고 있었다.

《모두 그 괴물 놈 때문에 일어난 재앙이다! 놈을 죽여라!》

《수인족과 붙어먹은 년도 함께 죽여라!》

"······시르하."

"엄마!"

짓눌린 엄마의 목소리.

모든 것을 포기한 듯한 엄마의 눈, 생기조차 느껴지지 않던 그 음울한 눈빛에서 갑자기 거센 불꽃이 일렁인다.

악착같이 이를 깨물며 남아 있는 투기를 모두 끌어올린 엄마.

그렇게 엄마의 발이 걸레짝처럼 짓이겨졌다.

쫘직!

쫘드득!

"어, 엄마······?"

뼈를 드러내기 시작한 엄마의 발목.

머릿속에서 무언가가 툭 하고 끊어진다.

터져 버릴 것 같은 감정이 폐부로부터 끓어올라 이내 토해졌다.

"안 돼! 무슨 짓이야—!"

그렇게 수없이 절망으로 소리치고 외쳐 봐도 엄마의 잔인한 자해는 끝나지 않았다.

쩌지직-

엄마는 마침내 스스로 양발을 끊어 냈다.

그렇게 필사적으로 기어가던 엄마가 테이블 위의 고문 도구 중 하나를 힘없이 던져 왔다.

툭-

발밑에 떨어진 절삭용 톱을 멍하니 바라봤을 때.

"……황금 거인 산."

점점 희미해져 가는 엄마의 눈빛.

"그곳에 네 아빠와 그의 일족이 살고 있단다…… 너는 족쇄를 끊어 내고 지금 당장 그곳으로 가야 해."

"흐윽…… 엄마…… 엄마의 발이…….."

"엄마는…… 네 아빠를 만난 것을 단 한 번도 후회하지 않았단다…….."

"마, 말하지 마!"

엄마의 눈동자가 잿빛으로 변해 가고 있다.

"괜찮아. 시르하. 엄마는 괜찮아…….."

"으아아아아—!"

◆ ◆ ◆

"으아아아아!"

악몽에서 헤어난 시르하가 몸을 벌떡 일으키며 헐떡였다.

"허억허억……!"

전신을 옥죄어 오는 상상할 수도 없는 고통.

동시에 어제의 기억이 파편처럼 머릿속으로 스며든다.

〈괜찮다 시르하.〉

'누구……?'

아무리 애를 쓰고 떠올리려 해 봐도 얼굴이 기억나지 않는다.

"크윽!"

처참하게 망가진 자신의 육체.

얼마나 주먹을 휘둘렀는지 기억도 나지 않았다.

분명 무의식의 경계 너머로 빠져들었을 때 모든 것이 끝났다고 여겼다.

자아를 유지할 수 없는 멸혼(滅魂).

그 옛날, 아버지가 수도 없이 강조하셨던 가장 경계해야 할 상태.

멸혼의 단계에서 살아남은 수인은 극소수였다.

더구나 인간의 몸으로 수인의 수련 방식을 흉내 낸다면 십

중팔구 멸혼의 단계에서 죽게 된다.

'그런데도 살아남은 건가……'

밝아 오는 여명이 계곡을 비춘다.

시야가 닿는 모든 산자락에 지렁이 같은 자국이 거미줄처럼 얽혀 있었다.

쓰러진 리렘 나무의 수가 얼마나 되는지 가늠조차 할 수 없었다.

'투기가……'

비록 육체는 처참하게 망가져 있었으나 용솟음치는 활력, 거대한 투기가 내부에서 해일처럼 일렁이고 있었다.

"아버지……."

시르하의 두 눈이 거대한 황금 거인 산의 정상을 향해 있었다.

◆ ◈ ◆

-네놈은 알다가도 모르겠군. 이렇게 금방 떠나갈 거면서 그 먼 길을 되돌아왔단 말이냐? 전생의 인연이라고 하지 않았느냐?

"이 정도면 충분해."

루인은 자신의 판단을 믿었다.

물론 지금도 마음은 시르하의 곁에 남아 성장을 돕고 싶었다.

하지만 시르하의 삶, 그 처절함을 만난 순간 그 뜻을 접었다.

그의 삶에 이런저런 개입을 더한다면, 시르하가 이룰 불굴이 퇴색될 수도 있음을 깨달았기 때문이다.

그는 자신 없이도 바람의 대행자로 성장할 무인.

자신의 개입으로 인해 시르하에게 오히려 악영향이 더해진다면 견딜 수 없을 것이다.

더욱이.

"정체를 알 수 없는 종족이 시르하를 지켜보고 있다고 했던가?"

-인간보다는 훨씬 맑은 영혼들이었다. 그러면서도 강렬했지. 요정, 아니 수인족에 가깝겠군.

시르하는 수인의 강인한 육체와 따뜻한 인간의 마음을 함께 지니고 태어난 반인반수(半人半獸).

수인족의 습성을 잘 알고 있는 루인은 지금 시르하가 의식을 치르는 단계라는 것을 금방 깨달을 수 있었다.

인간에 의해 멸종 직전의 상황에 놓인 수인족은 결코 인간을 믿지 않았다.

아무리 시르하가 수인을 아버지로 두고 있어도 절반은 인간의 피.

시르하를 받아들이는 것은 그들에게 쉽게 결정할 수 있는 문제가 아닌 것이다.

'힘내라. 시르하.'

그렇게 루인은 언제고 다시 시르하와 만날 날을 기약하며 길을 나섰다.

페이리스 마을이 아득해지자 다시 벨가노아 숲이 눈앞에 펼쳐졌다.

기분 나쁠 정도로 질척거리는 늪지대를 건디며 나아가는 루인.

몇 차례의 야영을 끝마치고 벨가노아 숲을 빠져나올 무렵, 쟈이로벨이 영언이 다시 루인의 머릿속을 울려 왔다.

-뭐지? 이 익숙한 느낌은?

"음?"

급속도로 확장되는 마력 동화, 영혼에 직접 마력이 투사되는 듯한 농밀한 감각..

루인 역시 소스라친 눈빛이 되어 하늘을 올려다보았다.

자신을 향해 천천히 하강하고 있는 공간 왜곡장.

사방으로 흘러나오는 진마력, 그 익숙한 감각에 루인이 멍하게 굳어 버렸다.

"헬라게아……?"

-나의 헬라게아가 왜 인간계에!

쟈이로벨의 의뭉스러운 외침.

헬라게아. 쟈이로벨의 마법 공간.

마계에 있어야 할 마신의 보물 창고가 왜 머나먼 인간계에
나타났단 말인가?

오랜 세월 마신 쟈이로벨의 진마력으로 빚어 창조된 헬라
게아는 분명 초월적인 아티펙트였다.

그러나 아무리 헬라게아라고 해도 차원을 넘나들 수는 없
었다.

그때, 일의 전후를 깨달은 듯 루인이 눈을 빛냈다.

'역시 그랬나…….'

쟈이로벨의 영혼 소멸로 헬라게아의 소유권이 사라졌다.

당연히 그 소유권은 쟈이로벨의 계약자에게로 이어진다.

쟈이로벨의 초월 마법, 그 시공간의 비틀림 사이로 자신과
함께 스며든 것이다.

화르르르르-

쟈이로벨의 불타오르는 강림체가 루인의 영혼을 빠져나와
현신한다.

호기심이 치민 쟈이로벨이 금방 헬라게아를 향해 자신의
의지를 투사했다.

〈크흐흘! 날 알아보겠느냐 헬라게아!〉

하지만 헬라게아는 마신의 의지에 화답하지 않았다.

그야말로 철저한 무시.

헬라게아는 그저 도도한 진마력을 뿌리며 허공에 떠 있을
뿐이었다.

그때, 루인의 무심한 음성이 흘러나왔다.

"헬라게아. 개방을 명령한다."

스르르르-

시커먼 공간의 아가리가 틈을 벌렸다.

거뭇한 진마력 사이로 상상할 수 없는 너비의 마법 공간이
드러났다. 그 엄청난 영역에 막대한 마계의 보물이 그득했다.

흡족한 듯 웃고 있던 루인이 다시 헬라게아를 향해 명령했다.

"헬라게아. 모습을 감추어라."

이내 입을 닫고 다시 비틀린 공간 속으로 스며드는 헬라게아.

〈크윽! 설마……!〉

"그래. 주인이 소멸하자 주인의 계약자에게 귀속된 거다.
내 영혼이 소멸하지 않는 한, 앞으로 이 헬라게아는 내 거라
는 뜻이지."

쟈이로벨의 얼굴이 더욱 기괴하게 일그러졌다.

주인의 소멸을 느낀 헬라게아가 비틀린 시공간을 통해 루인과 함께 도착했다면 분명 모든 것이 설명된다.

몇 달의 간격을 두고 도착한 헬라게아.

시공의 폭풍 속에서 루인과 헬라게아 사이에 미세한 시차가 발생했을 것이다.

하지만 과거로 넘어오는 순간 제법 긴 시차로 벌어지게 된 것.

〈이런 개같은……!〉

마신 쟈이로벨이 만 년 이상 모아 온 보물들.

저 공간 마법 속에 들어 있는 마계의 보물들 중 평범한 것은 하나도 없었다.

단 하나만 인간계에 드러난다고 해도 분명 아수라장이 될 터.

하지만 무엇보다 화가 나는 것은.

〈그럼 도대체 내 헬라게아는 어떻게 되는 것이냐!〉

마계의 깊숙한 곳에 숨겨 놓은 진짜 헬라게아에게 어떤 영향을 끼칠지 쟈이로벨은 예측조차 할 수 없었다.

"마계의 헬라게아를 소환하는 순간 어떤 일이 발생할지는 예측하기 힘들다. 어쩌면 초월 마법이 붕괴되어 내가 다시 차원의 경계 바깥으로 튕겨져 나갈 수도 있겠지. 아니면 둘 다

사라져 버리거나. 이론에 불과하지만 차원 충돌 현상을 배제할 순 없다."

루인과 같은 흑마법의 지혜를 공유하고 있는 쟈이로벨은 그의 말이 틀리지 않음을 본능적으로 깨닫고 있었다.

이제 마계의 헬라게아는 열어 볼 수도 없는 계륵이 되어 버린 것이다.

헬라게아 없이는 결코 다시 대마신 므드라를 상대할 수 없었다.

〈끄아아아아!〉

처절하게 통곡하는 쟈이로벨을 향해 루인이 천연덕스럽게 위로를 건넸다.

"걱정 마. 내가 잘 써 줄 테니까. 이건 정말 생각지도 못한 행운이군."

당장 머릿속에 떠오르는 절대적인 성능의 아티펙트들만 해도 수십 개였다.

태초의 마법사 테아마라스가 생존했던 '빛의 시대'에나 볼 수 있었던 전설적인 아티펙트들.

그것들과 견준다 해도 결코 모자람이 없는, 아니 오히려 그 이상의 권능을 지닌 아티펙트들도 존재했다.

루인은 지금의 상황에서 가장 쓸모 있는 것을 금방 추려 냈다.

"헬라게아. 혼돈마의 꼬리를 꺼내라."

스르르르-

시커먼 공간 아가리가 토해 낸 자줏빛 꼬리.

루인은 아직도 검붉은 피가 뚝뚝 떨어지고 있는 혼돈마의
꼬리를 흡족한 표정으로 받아 들었다.

〈너 이 새끼! 잘도 그걸……!〉

그렇게 루인은 절대마수, 혼돈마의 꼬리를 흔들어 보이며
샤이로벨을 향해 웃었다.

"안 들어와? 아니면 혼자 간다."

〈…….〉

샤이로벨의 강림체를 바라보며 금방 미간을 구기는 루인.

저 기괴하고 무시무시한 마신의 얼굴로 울 것만 같은 표정
도 지을 수 있다니.

〈대체 혼돈마의 꼬리는 어떻게 알고 있는 것이냐……?〉

루인이 피식 웃었다.

"차원의 거품 안에서 그 긴 시간 동안 너와 내가 뭘 했을 것

같냐?"

〈…….〉

"주절주절 잘도 늘어놓더군. 난 너의 모든 것을 다 알아.
단 하나도 빠짐없이."

루인이 다시 헬라게아의 마법 공간을 닫으며 음침하게 웃
었다.

"네놈의 업적을 다 알고 있으니 네가 차지한 마계의 보물
도 빠짐없이 아는 거지."

〈**하, 함부로 사용하지 마라. 몇몇 것들은 인간계의 인과율
을 크게 벗어난다. '존재'들이 인식하지 못할 리가 없다. 놈들
의 이목을 받는다면 네놈의 행동에도 큰 제약이 따른다.**〉

"일단은 그래야겠지. '존재'들이 모두 소멸하기 전까진."

〈**뭐? 소, 소멸?**〉

인간계를 관장하는 초월자들, 인간들에게 신으로 불리는
그 '존재'들이 소멸한다고? 그런 것이 가능할 리가?

〈'존재'들의 소멸이라니, 그 무슨 말도 안 되는! 태초신이 강림하기라도 한단 말이냐?〉

"내 전생과 똑같이 흘러간다면."

순간, 루인의 두 눈에서 처절한 빛이 흘러나왔다.

"'존재'들은 모두 놈의 손에 완벽히 소멸된다."

〈뭐······?〉

그대로 굳어 버리는 쟈이로벨. 자신이 마신의 본체를 소환한다고 해도 '존재'들과의 승부는 쉽게 장담할 수 없었다.

그들은 태초신의 역량을 나눠 받은 존재.

그중에서도 '알테이아'는 드래곤을 수도 없이 거느린 인간계의 절대적인 주신(主神)이다.

알테이아의 신력을 직접적으로 상대한 적은 없었지만, 그녀는 마계가 인간계를 직접적으로 도모할 수 없는 가장 큰 이유였다.

한데 그런 알테이아를 비롯한 세계의 주시자들을 모두 소멸시키다니! 그것도 인간이?

〈놈에 대해 구체적으로 말해 봐라. 놈의 이름은 뭐지?〉

"모른다."

까드득.

이를 갈며 새어 나온 루인의 억눌린 음성.

"놈은 언제나 짙은 먹구름과 함께 나타나 자신을 진면목을 감추었다. 그저 인간들은 그를 절망의 악제라고 불렀지."

절망의 악제(惡帝).

'그'의 이명이 루인의 입에서 최초로 흘러나온 순간.

그대로 샤이로벨은 전율했다.

거대하게 일렁이기 시작한 루인의 증오심이 벨가노아 숲 전체를 뒤덮고 있었다.

◆ ◈ ◆

마력 꼬리를 이용해 종횡무진 전장을 누비고 다니는 마계의 1등급 마수종, 혼돈마.

루인은 그런 혼돈마의 꼬리에 끊임없이 마력을 주입하고 있었다.

파아아앙-

엄청난 풍압에 의해 살갗마저 저릿해지는 감각.

활시위처럼 몸이 튕겨 나가자마자 수백 미터씩 공간이 삭제되고 있으니 사실상 점멸 마법에 준하는 위력이었다.

모든 지형지물을 무시한 채 왕성을 향해 일직선으로 나아가고 있던 루인이 흡족한 듯 미소 지었다.

'정말 엄청나군.'

전생의 경지를 회복하지 못한 지금의 상황에서 혼돈마의 꼬리는 엄청난 도움이 되는 아티펙트.

도보로 이동했다면 한 달은 족히 걸릴 거리를 고작 사흘 만에 도착했으니 루인은 더없이 기분이 좋아졌다.

파아아아앙-

그렇게 몇 번 더 혼돈마의 꼬리에 마력을 주입했을 때 드디어 루인의 시야에 거대한 성곽이 드러나기 시작했다.

르마델 나이트 캐슬(Lemardel Knight Castle).

왕국의 심장을 감싸고 있는 그 육중한 성곽들은 르마델 왕실을 상징하는 청록빛으로 칠해져 있었다.

성문까지 기다랗게 이어진 인파의 행렬을 바라보던 루인이 특유의 건조한 말투로 입을 열었다.

"헬라게아. 혼돈마의 꼬리를 보관하겠다."

스스스스스-

시커먼 공간의 틈이 아가리를 벌리자 루인은 미련 없이 혼돈마의 꼬리를 쑤셔 넣었다.

곧장 마력의 잔재를 털어 내는 루인.

-이렇게 많은 인간들은 오랜만이군.

커다란 짐을 이고 있는 상인들, 지친 여행자들.

지방의 하급 귀족과 신출내기 용병들, 형형색색의 유랑단 마차까지.

모두가 각자의 꿈을 안고 왕성에 입성하려 들겠지만 저들 중 대부분은 뜻을 이루지 못할 것이다.

왕국의 모든 부(富)가 모이는 곳.

하지만 그 기회가 모두에게 돌아가진 않는다.

"이거 너무 오래 걸리겠는데."

성문을 통과하려는 사람들이 너무 많았다.

이 많은 사람들이 모두 입성 절차를 마치려면 해가 질 때까지 기다려야 할 것이다.

-굳이 고민할 필요가 있느냐? 혼돈마의 꼬리를 한 번 더 활용한다면……

"왕성의 마법사들은 바보가 아니야. 마계의 강렬한 마기를 풍기고 있는 혼돈마의 꼬리는 금방 추적당하기 십상이다."

문득 루인은 혼돈마의 꼬리가 인간의 화폐 기준으로 얼마나 가치 있을까를 가늠해 보았다.

마력만 받쳐 준다면 점멸 마법을 무한대로 쓸 수 있는 셈. 역시 쉽게 돈으로 환산되지 않았다.

이런 엄청난 아티펙트를 지니고 있다는 사실이 발각된다?

고작 2위계의 경지로는 그런 끈질긴 탐욕을 감내하기가 버거웠다.

분명 아카데미에 도착하기도 전에 몇 번이고 죽을 위기를 겪을 것이다.

'음…….'

마땅한 방법이 생각나지 않았다.

루인은 베른의 성을 내세울 수 없는 지금의 상황이 벌써부터 답답하게 느껴졌다.

어쩔 수 없이 루인은 기다란 인파의 행렬에 함께 섞였다.

그렇게 몇 시간이 흘렀을까.

"비켜라! 비오웬 남작가의 영애이시다!"

말고삐를 쥔 하인이 눈을 부라리며 기다란 행렬을 물리고 있었다.

루인은 피식 웃음이 터져 나왔다.

쥐꼬리만큼이라도 권력이 있는 놈들은 이미 저만치 앞줄에서 기다리고 있는 상태.

드센 권력가 사이에서는 숨도 쉬지 못하는 허약한 귀족이라도 이런 곳에서만큼은 왕처럼 군림할 수 있었다.

눈에 띄고 싶지 않았던 루인이 무심한 표정으로 비켜섰을 때.

비오웬 남작가의 말이 멈춰 섰다.

"너, 방금 왜 웃었지?"

루인이 고개를 들어 자신을 불러 세운 소녀를 바라보았다.

검붉은 눈동자.

풍성하고 아름다운 흑발.

'북부인인가?'

분명 흑발은 북부인의 특성이었다.

북부의 귀족가 대부분은 하이베른가에 종속된 귀족들.

하지만 루인은 비오웬이라는 성을 들어 본 적이 없었다.

도도하게 치켜뜬 눈.

데인을 처음 봤을 때처럼, 그녀 역시 오만하기 짝이 없는 표정으로 루인을 내려다보고 있었다.

소란을 일으키기 싫었던 루인이 한 차례 목례를 하며 인파 속으로 걸어갔다.

그러자 비오웬 남작가 영애의 입에서 더욱 차가운 음성이 비집고 흘러나왔다.

"거기 멈춰!"

말없이 뒤를 돌아보는 루인의 두 눈.

감정 한 점 일렁이지 않는 그 눈빛은 결코 귀족을 두려워하는 자의 눈이 아니었다.

남작가의 영애는 자신의 가슴을 서늘하게 만든 상대의 눈빛에 더욱 화가 났다.

차아앙-

"너, 분명 날 보며 비웃었어."

소녀가 허리춤의 검을 뽑아 들자 그녀의 옷깃 사이로 붉은 스크롤이 삐죽 튀어나왔다.

금방 스크롤로 향한 루인의 시선.

스크롤의 중심에는 자신과 다른 노란색 인장이 찍혀져 있었다.

하지만 스크롤 자체는 자신의 것과 한 치의 다름도 없는 마법학부의 입학 추천서.

금방 루인의 머릿속에 기막힌 묘안이 떠올랐다.

씨익.

"별 웃긴 귀족 영애를 다 보는군. 고작 웃었다고 검을 뽑을 정도라면 대체 그동안 얼마나 많은 평민들을 괴롭혀 온 거지?"

"너, 감히 귀족가의 명예를……!"

루인이 가볍게 소녀의 말을 잘랐다.

"귀족이 말하는 명예란 대체로 모멸감을 뜻하지. 아무 감정에나 명예를 덧씌우는 것만큼 우스운 짓도 없으니까 이쯤에서 그만하는 게 좋을 거야."

귀족의 명예를 모욕하는 것은 즉결 처분의 대상.

말에서 내린 비오웬가의 소녀가 루인의 목젖에 검을 갖다 댔다.

"감히 하찮은 유랑민 주제에!"

얼마나 먹지 못했는지 비쩍 마른 몸.

지독하게 낡은 로브, 흔한 장신구 하나 없는 행색.

분명 상대는 작은 요행을 바라며 떠도는 유랑민이 틀림없었다.

르마델 왕성은 자비를 구걸하는 유랑자들에게 이따금씩 호의를 베풀기 때문.

식은 빵 한 덩이에 영혼도 팔 수 있는 유랑자 주제에 감히 남작가의 명예를 모독하다니!

도저히 참을 수 없었던 비오웬가의 소녀가 검을 사선으로 내려칠 찰나.

비오웬가의 하인이 그녀의 손을 잡았다.

"보는 눈이 많습니다. 아가씨."

이렇게 많은 사람들이 보는 앞에서 자신의 주인이 함부로 검을 휘두르게 내버려 둘 순 없었다.

혼쭐을 내는 정도는 자신이 충분히 가능한 터.

"감히 비오웬가의 영애님을 능멸하다니."

휘이익!

퍽!

하인이 내지른 주먹을 말없이 움켜쥐고 있는 루인.

'이, 이렇게 쉽게?'

비오웬가의 하인은 소스라치게 놀랐다.

제법 몸을 단련한 자신의 주먹을 상대가 너무나도 쉽게 막아 버린 것이다.

루인은 여전히 무표정한 얼굴로 로브의 품을 뒤져 자신의 붉은 스크롤을 꺼냈다.

"어……?"

순간 비오웬가의 소녀는 그대로 얼어 버렸다.

저것은 틀림없는 아카데미, 그것도 마법학부의 입학 추천서.

게다가 스크롤을 봉인한 문양은 자신과는 달리 왕실을 상징하는 문양이었다.

'왕실의 추천이라고?'

새하얗게 웃는 루인.

"그대도 마법사가 되기로 했다면 마법사들의 위계 체계를 모르지 않을 텐데."

마법사들의 위계는 귀족가의 작위나 명예에 의해 결정되는 것이 아니었다.

마법사의 위계는 오로지 마법의 경지로 증명해야 하는 것.

루인이 소녀만 들을 수 있을 정도로 작게 말했다.

"비록 예비 생도라도 아카데미의 일원. 세속의 신분을 활용하여 같은 생도를 핍박했다면 그건 반드시 퇴교 사유가 되지."

"아……!"

눈을 휘둥그레 뜬 비오웬가의 소녀를 향해 루인이 연신 자신의 스크롤을 흔들고 있었다.

그렇게 소녀의 눈빛이 사정없이 흔들리고 있을 때 루인의 쐐기와 같은 목소리가 다시 그녀에게 박혔다.

"더구나 같은 예비 생도라면 위계도 동등하지 않은가."

경악한 얼굴이 된 비오웬가의 소녀.

큰일이었다.

당장 상대의 입을 틀어막고 싶어도 이미 주변에서 웅성거리고 있었다.

이렇게 보는 눈이 많아진 이상 최대한 일을 조용하게 수습할 수밖에 없었다.

"원하는 게 뭐니?"

"이름."

상대가 흔들림 없이 자신을 바라보고 있자 비오웬가의 소녀는 피가 나도록 입술을 깨물었다.

"슈리에 루시느 비오웬."

"좋은 이름이군."

루인이 스스럼없이 걸어가 말고삐를 쥐더니 이내 전방을 향해 목청을 높였다.

"비오웬 남작가의 영애 슈리에 님의 행차시다!"

루인이 자신의 이름을 대놓고 외치자 슈리에의 얼굴이 금방 흙빛으로 변했다.

아카데미에 이 소식이 흘러들어 간다면?

입학하기도 전에 귀족의 신분부터 내세운 예비 생도라며 모두에게 손가락질을 당할 것이 너무나 뻔했다.

"하, 하지 마!"

황급히 루인이 쥐고 있던 말고삐를 빼앗은 슈리에가 작게 말했다.

"어떻게 하면 그 입을 다물 거야?"

입술을 꼬옥 깨물며 자신을 바라보는 슈리에의 간절한 눈빛.

마치 지갑을 꺼내 전 재산이라도 건넬 기세다.

루인은 그런 그녀의 태도가 마음에 들었는지 다시 말고삐를 빼앗았다.

"좋은 길잡이가 생겼는데 놓칠 수는 없지. 영애님, 다시 말에 오르시지요."

이대로 행차한다면 적어도 비오웬 남작가보다 더 높은 위상의 귀족을 만날 때까진 앞지를 수 있을 것이다.

루인으로서는 저녁까지 줄을 서서 기다릴 필요가 없어진 것.

금방 루인의 의도를 읽은 슈리에가 여전히 불안한 눈으로 말에 올랐다.

루인이 비오웬가의 하인을 응시했다.

"당신은 성문을 통과하지 못해. 어차피 거기까지가 당신의 임무인 것 같은데 이쯤에서 돌아가도 좋아."

"아, 아가씨……."

머뭇거리는 하인을 향해 슈리에가 고개를 끄덕였다.

"그의 말대로 해."

지금은 최대한 그의 비위를 맞춰야 했다. 보는 눈이 많아도 너무 많았다.

루인이 불안한 표정을 하고 있는 하인을 한 차례 훑더니, 입가에 묘한 미소를 흘리며 말을 몰기 시작했다.

금방 주변의 소란이 잦아들고 다시 행렬이 분주해졌다.

사람들은 귀족가의 일에 함부로 관심을 갖는 것이 얼마나 위험한 결과를 초래하는지를 잘 알고 있었다.

"방금 소변을 보고 왔소! 어이 당신도 봤잖아?"

"난 잘 모르겠는데?"

사람들이 붐비는 만큼 여기저기서 시비가 일어나고 있었다.

그러나 남작가 영애의 행차 앞에서는 모든 시비가 무의미한 일.

루인이 귀족들이 모여 있는 가장 선두에 도착하기까진 그리 긴 시간이 필요하지 않았다.

척!

"출신과 이름을 말하라 소년."

기다란 창을 사선으로 늘어뜨린 채 루인의 발길을 막아선 경비 기사.

왕성의 출입을 담당하는 경비 기사의 눈에 루인은 영락없는 유랑민이었다.

"루인. 성은 없습니다. 파네옴에서 왔습니다."

경비 기사의 눈빛이 금방 의심쩍은 눈초리로 변했다.

성이 없다는 것은 고아나 노예란 뜻.

"방문 목적을 말하라."

루인이 묵묵히 로브의 안주머니를 뒤져 추천서를 꺼내 들었다.

"아카데미로 가는 길입니다."

추천서를 감싸고 있는 선명한 봉인(Seal)을 확인한 경비 기사가 낯빛을 달리했다.

대체로 추천서를 들고 아카데미에 입학하는 생도들은 신분이 남달랐다.

더구나 그 봉인은 왕실을 상징하는 청록색 드래곤의 문양.

그것은 이 소년이 지닌 재능의 비범함을 알아본 주체가 왕실이나 그 직속의 마탑이라는 뜻이었다.

결코 흔하지 않은 일.

경비 기사가 창날을 회수하며 빙그레 웃었다.

"예비 생도로군. 르마델의 왕성에 온 것을 환영하네."

"감사합니다."

더 이상 필요 없다는 듯, 일말의 망설임도 없이 말고삐를 놓으며 성문 안으로 걸어가는 루인.

슈리에가 그런 루인을 어처구니없다는 듯이 바라보다가 이내 말에서 내려왔다.

"여기, 저도 아카데미 추천서예요!"

경비 기사에게 서둘러 추천서를 내보이며 금방 성문 안으로 진입한 슈리에.

"와……!"

시끌시끌.

시야가 닿는 끝까지 이어진 온갖 행색의 인파들.

슈리에는 그런 거뭇한 인파 사이로 막 섞여 드는 루인을 발견하고서 황급히 소리쳤다.

"야! 너!"

한 차례 바라만 볼 뿐, 흐릿하게 미소 짓던 그가 금세 인파 속으로 사라져 갔다.

말고삐를 쥔 채 그대로 얼어 버린 슈리에.

그녀는 이 왕성에 대해 아는 것이 그리 많지 않았다.

당장 아카데미가 어느 쪽인지도 알 수 없었다.

이내 슈리에는 형용할 수 없는 분노를 얼굴에 드러냈다.

"뭐 저런 인간이……!"

Chapter. 14

추천서에 기재된 입학 날까지는 아직 시간이 있었다. 혼돈
마의 꼬리 덕분에 꽤 일찍 도착한 것이다.

덕분에 루인은 여관을 잡고 간단히 식사를 한 후에 길거리
로 나왔다.

'그래. 기억이 나는군.'

멀쩡한 르마델의 왕성 풍경을 바라보고 있자니 루인은 감
회가 새로웠다. 과연 오랜 기억 속의 그 모습 그대로였다.

'이 무식하게 얽혀 있는 길들도 그대로야.'

기본적으로 르마델 나이트 캐슬은 거대한 산비탈을 통째
로 깎아 만든, 오직 수비만을 위해 축조된 성곽.

덕분에 성의 내부는 매우 비좁을 수밖에 없었는데, 그것이 극악의 인구 밀도와 함께 시너지를 일으켰다.

수많은 상점들 사이로 계단길이 미로처럼 얽히고설켜, 초행길의 여행자라면 그야말로 지옥과도 같은 도시.

르마델 왕실이 수도성을 이런 무식한 방법으로 축조한 이유는, 대륙을 지배하고 있는 절대 패자 '알칸 제국' 때문이었다.

천 년이라는 긴 시간 동안 제국의 침략과 핍박을 힘겹게 견뎌 온 르마델.

절대적인 철옹성, 르마델 나이트 캐슬이 아니었다면 왕국은 이미 몇 번이고 멸망했을 터였다.

'……'

루인은 그런 왕성 내부의 전경을 말없이 바라보고 있었다.

그 거대한 제국조차 허물지 못한 이 철옹성을, '악제(惡帝)의 군단'은 고작 보름 만에 처참하게 부숴 버렸다.

르마델 왕국이 자랑하던 철혈 기사단도 드높은 왕실 마탑도 군단을 막지 못했다.

사실 당시만 해도 루인은 왕국이나 가문에 대해 별다른 애착이나 감정은 없었다.

왕국과 가문의 멸망이 시작에 불과했다는 사실을, 살아 있는 모든 인간에게 닥칠 일이라는 것을 그때는 몰랐기 때문이다.

인간의 힘으로는 도저히 막을 수 없는 전염병처럼 한순간에 대륙을 휩쓸어 버린 악제의 군단.

그 끔찍한 폐허 속에서도 군단과의 지옥 같은 전쟁은 백 년 이상 이어졌다.

'남은 세월은⋯⋯.'

군단이 세상에 드러나기까지 이제 남은 시간은 고작 이십 여 년.

물론 어떤 이에겐 긴 시간일 수도 있겠으나 루인에게만큼 은 찰나처럼 짧게 느껴지는 시간이었다.

하지만 안도했다.

가문으로부터 도망치고 도망쳐 도착한 어두운 할렘가.

음습한 지하실에 누워 죽을 날만 기다리던 과거의 자신은 이제 세상에 없었다.

그 모든 처절한 경험과 미래에 도래될 재앙들을 이 낡은 영 혼에 낙인처럼 새기고 돌아왔다.

악제를 향한 호기심 때문에 자신에게 사악한 거래를 걸어 왔던 쟈이로벨도 이렇게 벌써 세상에 나왔다.

그래서 많은 것이 달라질 것이다.

그렇게 달라질 미래를 위해 모두의 희생을 기꺼이 짊어졌다.

"후⋯⋯."

루인은 복잡한 옛 추억들을 떠올리며 미로와 같은 왕성 내 부를 며칠 동안 더 유람했다.

여관의 짐을 정리한 후 왕성의 중심에 도착한 것은 그로부 터 일주일이 지난 후.

미로 같은 길거리를 벗어나자 드디어 밝은 햇살과 함께 시야가 확 트였다.

"저기군."

하늘 끝 위로 솟아오른 두 개의 첨탑.

그런 거대한 두 첨탑 아래 고풍스러운 양식의 거대한 아카데미가 자리 잡고 있었다.

이 왕립 아카데미야말로 르마델 왕국의 미래를 짊어지고 있는 진정한 국력의 산실.

단지 외부 전경만 살펴봤을 뿐인데도 이 왕국이 얼마나 인재 양성에 심혈을 기울이고 있는지를 여실히 느낄 수 있었다.

루인이 왕실 아카데미의 경비병에게 입학 추천서를 보여주자 육중한 아카데미의 문이 천천히 열렸다.

쿠웅-

문이 열리는 소리에 몇몇 시선이 루인에게 모였다가 흥미가 식었는지 이내 흩어졌다.

루인은 홀의 이곳저곳에 흩어져 담소를 나누고 있는 예비 생도들을 무심하게 훑고 있었다.

"오! 이게 그 말로만 듣던 '비탄의 비수'군요! 정말 영광입니다!"

"이걸 알아보다니 그대의 견문도 보통은 아니군."

"미스릴제 보검 중에서도 최고의 명성을 지닌 검이 아닙니까? 게다가 이게 어디서 나온 물건인지도 저는 잘 알고……."

"쉿. 조심해. 여긴 아카데미야."

"아, 그, 그렇군요."

여기저기서 들려오는 소란스러운 소리.

유심히 그들을 관찰하던 루인의 얼굴이 점점 험악하게 일
그러지고 있었다.

자신과는 달리 푸른 스크롤을 손에 쥐고 있는 저 소년들은
기사학부의 예비 생도.

넓은 홀에는 붉은 스크롤을 손에 들고 있는 마법학부의 예
비 생도들보다 푸른 스크롤의 기사 예비 생도들이 압도적으
로 많았다.

'도대체 무슨 생각이었지? 그 늙은이는?'

여기저기서 귀족인 태를 드러내려고 안달인 예비 생도들.

귀족가의 애송이들이 제 존재감을 드러내고 싶을 때는 서
로 금칠을 해 대는 가장 원시적인 방법을 쓴다.

그렇게 루인은 현자 에기오스와 했던 맹세가 얼마나 무의
미한 짓이었는지를 아카데미에 도착하자마자 바로 알 수 있
었다.

'가만?'

그제야 루인은 예비 생도들의 스크롤에 찍힌 인장의 색 대
부분이 노란색이라는 것을 발견했다.

인장의 모양을 좀 더 주의 깊게 관찰하는 루인.

'……렌시아?'

이제 보니 그 노란색 봉인에 찍혀 있는 문양이 하이렌시아가를 상징하는 불새(Phoenix)의 모양이 아닌가?

점점 머리가 지끈거리기 시작하는 루인.

지금은 아카데미의 정기 입학 시즌이 아니다.

그럼 여기에 모인 예비 생도들이 전부 보결 생도라는 뜻인데…….

그런 보결 생도들 대부분이 르마델 제일의 권력가인 렌시아가의 추천을 받고 왔다?

'하…….'

그 말은 이들 대부분이 렌시아가와 친분을 맺고 있는 귀족이거나 최소한 렌시아가에게 줄을 댈 수 있는 유력자들의 자식이라는 뜻.

'그래. 그럼 그렇지.'

사실 에기오스의 요구는 처음부터 의아한 것이었다.

어린 소년들의 권력 질서는 오히려 성인들보다도 더욱 철저하고 원시적이다.

이곳 아카데미까지가 저들이 겪은 세계의 전부이기 때문.

목숨을 내놓고 벌이는 처절한 권력의 진창을 아직 경험하지 못했기에 서툰 욕망을 감출 필요성을 느끼지 못하는 것이다.

'빌어먹을 늙은이.'

루인은 이해할 수 없었다.

자신이 보기에 귀족의 신분을 함부로 드러내지 말라는 아카데미의 원칙은 그저 위계 체계를 확립시키기 위한 명목에 불과했다.

식사 예절만으로도, 아니 고아한 말투만으로도 드러날 귀족의 정체, 그것이 바로 왕립 아카데미의 적나라한 현실.

한데 현자 에기오스는 이렇게 너도나도 드러내고 있는 귀족의 정체를 왜 자신만 드러낼 수 없게 만들었을까?

대공자까진 아니더라도 하이베른가 출신이라는 것만 밝혀도 대부분의 귀찮은 일을 막을 수 있었다.

짜증이 이만저만이 아니었다.

그때, 갑자기 소란이 일었다.

"선배 생도들이다!"

"3등위 생도!"

여러 명의 생도가 이쪽으로 걸어온다.

그들의 어깨 위.

견장을 수놓고 있는 세 개의 푸른 매듭을 모든 예비 생도들이 경외의 시선으로 바라보고 있었다.

귀여운 예비 생도들을 바라보며 무엇이 그리 좋은지 연신 히죽거리고 있는 기사 생도들.

그런 그들을 이끄는 가장 선두의 생도, 멋들어진 금발의 청년이 절도 있게 발걸음을 멈추었다.

척!

"3등위 기사 생도 유레아스다. 하울 어커드 교수님은 외부

출장 중이시다. 대신 내가 너희들을 인솔할 것이다."

그때, 그들의 반대편에서 또 다른 생도가 걸어오고 있었다.

또각. 또각.

붉은 머리칼이 인상적인 소녀 생도.

어깨 위에 매달린 세 개의 매듭은 같았으나 그녀의 견장은 붉은색이었다.

마법학부의 3등위 생도.

"3등위 마법 생도 아드레나예요. 학회에 참석하신 게리엘 도스 교수님 대신 그대들을 인솔할 거예요."

루인은 의아했다.

이렇게나 많은 보결 생도들이 입학하는 자리에 이들을 인솔할 교수들이 동시에 나타나지 않을 확률?

그런 묘한 위화감이 감돌자 루인은 더욱 불쾌해졌다.

그때 기사 생도 유레아스가 '비탄의 비수'로 잘난 척을 늘어놓던 예비 생도를 향해 다가갔다.

이내 들려오는 작은 목소리.

"아카데미에 오신다는 소식은 들었습니다. 분부대로 조치를 끝냈습니다. 반년이라 하셨습니까?"

"그래, 반년이야. 그 정도면 우리 늙은이도 화를 풀겠지."

"가시죠. 최선을 다해 모시겠습니다."

"하하! 그래!"

금방 허리를 편 유레아스가 모든 예비 기사 생도들에게 소리쳤다.

"호명된 예비 생도는 모두 따라온다! 후르켈! 미온! 하그웰! 스티아! 머레이……!"

호명된 이들은 서로를 향해 금칠을 늘어놓던 귀족 예비 생도들.

이어 유레아스가 남은 예비 기사 생도들을 향해 명찰을 촤르르 뿌렸다.

"각자의 명찰을 찾아 가슴에 달도록. 묵게 될 기숙사도 명찰에 함께 기재되어 있으니 알아서 찾아가도록 하라."

"예!"

"넵! 선배님!"

한눈에 노골적인 상황을 파악한 루인은 그야말로 어처구니가 없었다.

3등위 기사 생도들을 따라간 예비 생도들이 앞으로 어떤 특혜를 받게 될지 너무나 눈에 선하다.

기사 생도 무리들이 모두 홀을 빠져나가자 3등위 마법 생도 아드레나가 조심스럽게 입을 열었다.

"저어, 혹시 '리리아'라는 분은 어디에……?"

그녀의 말에, 홀의 중앙 분수대 옆에서 조용히 책을 읽고 있던 소녀가 싸늘하게 말했다.

"유치한 짓 하려거든 그만해. 난 저 무식한 놈들처럼 고작 골목대장 놀이를 하려고 아카데미에 들어온 게 아니니까."

"저어, 그래도 제가 해야만 하는 일인데…… 1년이라고 하셨죠?"

"아니. 난 졸업까지 끝낼 거야."

"어, 그러면 조금 곤란한데에…… 계약대로라면……."

"그딴 계약은 내가 한 게 아니잖아."

안경을 매만지며 코끝을 찡그리던 아드레나가 다시 주위를 둘러보았다.

"그럼…… 슈리에 씨?"

루인의 두 눈에 이채가 감돌았다. 그녀의 입에서 익히 아는 이름이 흘러나왔기 때문이다.

"네. 저예요."

그동안 무슨 낭패라도 겪었는지 슈리에는 의복도 여기저기 지저분했고 얼굴도 지쳐 보였다.

"슈리에 씨도 1년이시네요. 잘 부탁해요."

"네. 저도."

악수하며 서로를 향해 미소 짓는 그 모습에 그제야 루인은 이 빌어먹을 상황을 모두 이해하게 되었다.

대부분의 보결 생도들은 렌시아가와 친밀한 귀족가, 혹은 부유한 상인들의 자제들.

그런 귀족가 자제들 중에서도 어른들의 눈 밖에 난, 한마디로 저들에게 아카데미는 도피처, 혹은 유배지인 것이다.

르마델 왕국의 아카데미가 고작 사고 친 귀족 애새끼들의 유배지라니!

'그럼 저놈들이 계약 운운한 것도 다 설명이 되는군.'

귀족가의 자제들에게 일정 기간 동안 편의를 제공하고 보수를 받는 일종의 아르바이트인 셈.

'허, 그럼 교수들도?'

교수들이 하나같이 이 자리에 나오지 않은 것도 이 상황을 미리 알고 묵인했다는 뜻이 아닌가?

'아카데미까지 썩어 버렸다니……'

지식의 요람, 왕립 아카데미마저 이 정도로 손쓸 수 없는 지경에 이르렀다니.

루인은 이 모든 일이 렌시아가와 무관하지 않다는 것을 본능적으로 깨달았다.

예비 생도들의 스크롤에 찍힌 노란 문양.

더러운 이권의 냄새, 그 고약한 욕망의 잔향에 루인은 으스러지게 주먹을 말아 쥐었다.

그런데.

"어, 그다음은…… 루인 씨?"

"뭐?"

루인을 알아본 슈리에가 눈을 동그랗게 뜨며 깜짝 놀랐다.

"앗! 당신은?"

멍하니 굳어 버린 루인.

아드레나가 왜 자신을 부르는지 아무리 생각해도 이유를

찾을 수 없었다.

아버지와 데인, 유카인과 소에느를 제외한다면 자신이 아카데미에 왔다는 사실은 가문에서 아는 사람이 없었다.

또한 고고한 기사의 신념으로 똘똘 뭉친 아버지나 유카인 삼촌이 대공자의 편의를 봐 달라는 청탁을 한다?

하물며 가문을 내세우지 않겠다는 마법사의 맹세.

이것 역시 그들 모두가 아는 사실이지 않은가?

아무리 생각해 봐도 저 안경잡이 빨간 머리 소녀가 왜 자신의 이름을 부르는지를 루인은 이해할 수 없었다.

혹시나 동명이인이라도 있나 싶어 주변을 둘러봤지만 아드레나의 호명에 반응한 사람은 자신 하나뿐이었다.

"저어, 루인 라이언 씨 맞죠?"

'라이언……?'

아드레나의 질문에 루인은 또다시 멍하니 굳어질 수밖에 없었다.

보통 노예나 방랑자가 아닌 정상적인 영지민이라면 해당 영주가 하사한 성을 따른다.

라이언은 베른 공작령에 속한 영지민의 성(姓).

이로써 명확해졌다.

자신이 베른 공작령에서 왔다는 사실은 가족이 아니라면 그들만이 알고 있는 사실이니까.

'마탑의 늙은이들이군.'

조금은 의문이 풀리자 루인은 겨우 마음의 안정을 되찾았
다. 헤아리지 못하는 변수란 그야말로 질색이었으니까.

　"내가 맞긴 한 것 같은데. 뭔가 착오가 있는 것 같군요."

　아드레나가 안경을 고쳐 쓰며 다시 명단을 확인했다.

　"어…… 베른 공작령에서 온 보결 생도는 루인 씨밖에 없
는걸요?"

　"……."

　루인이 별다른 반응 없이 묵묵히 입을 다물자 아드레나는
주머니를 뒤적이더니 슈리에에게 키를 건넸다.

　"저어, 슈리에 님. 여기 이거 받으세요."

　슈리에가 키를 받아 들자 다시 말을 이어 가는 아드레나.

　"그건 제 기숙사 키예요. 무등위 생도의 기숙사보단 훨씬
시설이 괜찮거든요. 앞으로 이곳에서 지내시면 될 거예요.
저어…… 리리아 님?"

　리리아는 여전히 분수대 옆, 비스듬히 벽에 기댄 채로 흘깃
바라보고 있었다.

　"여기 슈리에 님과 함께 제 방을 쓰시면……."

　관심 없다는 듯 리리아가 다시 책을 향해 고개를 파묻었다.

　슈리에가 조심스럽게 물었다.

　"그럼 당신은요?"

　싱긋.

　"전 게리엘도스 교수님의 조교라서 굳이 기숙사가 아니더

라도 지낼 곳이 많아요. 힛."

이어 아드레나가 분수대 옆에 있는 조각상에 다가갔다.

또깍. 또깍.

유려하게 뻗어 있는 조각상의 가냘픈 손 위로 예닐곱 개의 명찰을 올려놓는 아드레나.

"나머지 분들은 여기 명찰을 찾아가세요. 여러분도 마찬가지로 묵게 될 기숙사가 명찰에 기재되어 있어요. 귀찮은데 오리엔테이션은 생략해도 괜찮겠죠?"

예비 마법 생도들이 하나같이 우렁차게 대답했다.

"넵! 선배님!"

"모두 숙지하고 왔습니다!"

예비 마법 생도들에게 3등위 마법 생도는 그야말로 까마득한 선배였다. 3등위라면 적어도 그녀가 3개의 고리 이상을 이뤘다는 뜻이었으니까.

더 이상 볼일이 없다는 듯, 아드레나는 홱 하니 몸을 돌리며 걸어갔다.

"루인 씨는 절 따라오세요."

인상을 찡그리며 잠시 서 있던 루인이 아드레나를 따라 걸음을 옮겼다.

◆ ◆ ◆

아드레나의 걸음이 멈춘 곳은 한 교수 연구실의 앞이었다.

똑똑.

"교수님. 아드레나입니다."

연구실의 명패를 확인한 루인이 눈살을 찌푸렸다. 학회에
참석했다는 교수의 이름이 버젓이 그곳에 있었기 때문이다.

〈 들어와도 좋아. 〉

덜컥.

연구실에 들어온 루인은 교수의 얼굴을 확인할 수 없었다.

온갖 시약과 스크롤, 연구 일지 따위들이 책상 위에 산처럼
쌓여 있어 시야를 가리고 있었다.

아드레나가 조심성 있게 걸어가더니 어지러운 물건들을
책상의 귀퉁이로 스윽 옮겨 놓았다.

그제야 얼굴을 쏙 내놓는 게리엘도스 교수.

편집증으로 가득한 눈빛.

붙임성 따위는 없어 보이는 표정.

고집이 느껴지는 입술의 씰룩임.

며칠 동안 씻지도 않은 듯, 산발한 머리를 벅벅 긁고 있는
게리엘도스 교수는 괴팍한 마법사의 영락없는 전형이었다.

"자네가 루인?"

질문하면서도 눈은 연구 일지에 가 있다.

루인은 귀여운(?) 교수의 모습에 피식 웃음이 터져 나와 버렸다.

교수를 향해 피식거리는 예비 마법 생도의 행위에 의문을 가질 법한데도, 게리엘도스 교수는 그저 가볍게 손을 휘저을 뿐이었다.

지잉-

그렇게 그가 수인을 맺자, 다차원의 도형들이 허공에 맺히더니 이내 뿌옇게 흩어지며 루인의 몸에 깊숙이 박혀 버렸다.

마나의 세계에 잠긴 듯한 부유감.

삽시간에 자신의 내부를 휘젓고 다니는 이질적인 마력들.

상대의 마법적 역량을 알아보기 위한 집속 마력술식, 포커싱(Focusing)이었다.

노골적인 교수의 행동.

순간적으로 분노가 치민 루인이 뭐라 입을 열 찰나.

"뭐야? 아무것도 없잖아?"

황당하다는 듯한 게리엘도스의 표정.

루인이 지닌 마법의 역량을 확인하고 싶었다면 저런 반응은 당연한 것이었다.

영계(靈界)는 물질계와 정신계 사이, 그 중간 지점에 존재한다.

루인의 마나홀은 소환하기 전까진 그런 영계에 있었다.

영계를 느낄 수 있는 초월 등급, 즉 8위계 이상의 마법사가 아니라면 루인에게 아무런 마력의 잔향도 살필 수 없을 것이다.

"그럼 재능이라도 뛰어난 건가?"

게리엘도스 교수의 그 말에 아드레나는 웃음을 참는 태가 역력했다.

그가 재능론을 얼마나 혐오하는지 알기 때문.

그는 인과의 향상성, 그런 정당한 대가를 신봉하는 전형적인 노력론자였다.

"……."

루인을 더욱 유심히 관찰하고 있는 게리엘도수 교수.

녀석은 여전히 비틀린 입매로 조소하고 있었다.

비틀린 웃음이 사람에게 어울리긴 참으로 어려운데 녀석에겐 제 옷처럼 어울렸다.

일말의 마력도 없는 놈이었지만, 왠지 저 비틀린 웃음을 바라보고 있자니 흥미가 식진 않았다.

그들이 주의 깊게 관찰하라고 했다면 반드시 그 이유가 있을 테니까.

현자님을 비롯한 마탑의 초고위 마법사들.

분명 눈앞의 소년은 그들의 관심을 한 몸에 받고 있는 존재였다.

휘릭-

게리엘도스 교수는 수인을 털어 내고는 아드레나를 향해 덤덤하게 말했다.

"3등위 마법 생도 아드레나. 나의 어여쁜 조교여."

"어, 네? 왜 그렇게 불길하게 보고 계시죠?"

아드레나는 오한이 치밀었다.

괴팍한 게리엘도스 교수가 이렇게 느끼하게 자신을 부를 때면, 늘 무리한 부탁을 해 온다는 것을 경험으로 알기 때문.

싱긋.

"오늘부터 우리 아드레나는 이 루인이라는 생도의 생활을 주의 깊게 관찰해 줬으면 좋겠네. 특이 사항이 있으면 모조리 기록하고. 아니 아예 녀석의 모든 행동을 빠짐없이 일지에 적어 오도록."

"어, 네? 가, 갑자기 그게 무슨……?"

"관찰 연구를 해 보지 않았나? 관찰 일지를 적듯이 말이야."

아드레나는 더욱 황당하다는 듯 눈을 크게 떴다.

"아니, 아니까 묻고 있는 거죠! 온종일 붙어 다니며 기록하라는 뜻이잖아요?"

"우리 어여쁜 조교가 이해했다니 다행이군."

"제, 제 수업은 어떻게 되죠? 학점은요? 제가 준비하고 있는 논문은요? 게다가 제 사정도 뻔히 아시잖아요!"

이어지는 게리엘도스 교수의 대답에 아드레나는 멍하니 굳어질 수밖에 없었다.

"이번 관찰 연구를 무사히 끝낸다면 마법학부 졸업장은 물론 입탑 증서까지 발급해 주겠네. 아 그리고 매달마다 600리랑의 보수도 추가로 지급하지. 더 문제 있나?"

4등위를 거치지 않고 졸업장을 수여한다고? 모든 학과 과정과 논문도 건너뛰고?

거기에 모든 마법사들의 꿈이요 비원인 입탑 증서(入塔證書)까지?

더 황당한 것은 매달마다 600리랑이라는 보수의 지급이었다.

그 정도면 교수의 본봉과 맞먹지 않는가?

"에…… 노, 농담이시죠?"

"이 정도까지 얘기를 꺼냈으니 자네라면 눈치챌 수 있을 거라 생각했네만."

아드레나는 즉시 안경을 고쳐 쓰며 눈을 빛냈다.

교수의 권한으로는 결코 확언할 수 없는 입탑 증서.

거기에 교수의 본봉으로는 감당할 수 없는 수준의 급여까지.

'마탑에서 건너온 임무야!'

생각이 거기까지 미치자 더 들어 볼 필요도 없었다.

이 거부할 수 없는 제안을 내팽개친다면 모두가 바보라고 손가락질할 것이다.

아드레나가 정신없이 고개를 끄덕였다.

"제가 하죠! 하겠습니다 교수님!"

"좋아!"

그 모든 과정을 묵묵히 지켜보던 루인은 피식 웃음을 머금었다.

보통 이런 은밀하고 역겨운 행위는 당사자 앞에서 하지 않는 것이 예의 아닌가?

"이런 지저분한 거래를 당사자의 눈앞에서 하다니 재미있는 분들이군요. 제가 협조할 거라 생각하십니까?"

게리엘도스 교수가 비릿하게 웃으며 루인의 명찰을 바라본다.

이내 손을 내미는 게리엘도스.

"내 요구에 응하고 싶지 않다면 마법학부의 명찰을 반납하고 고향으로 돌아가게."

"……."

진득하게 입술을 깨무는 루인.

지금 이 순간에도 절망의 악제는 가파르게 역량을 키워 가고 있을 터.

한시라도 빨리 전생의 경지를 회복해도 불안한 마당이었다. 하지만 마탑의 협조 없이는 결코 전생의 경지를 회복할 수 없다.

'으음…….'

곰곰이 생각해 보니 현자 일행의 마음을 움직이기 위해서는 어느 정도 그들의 궁금증을 해결해 줄 필요성도 있었다.

그들의 호기심을 자극할 수준만큼의 정보만을 내어 준다.

어차피 자신의 마법에 담긴 미지(未知)에 몸이 달아 있는 쪽은 그쪽이니까.

피식.

"정말 고약한 교수님이군."

루인은 눈을 감았다.

잠시 마음을 추스르고 마인딩을 해 보니 교수의 선명한 의도가 그리 나빠 보이진 않는다.

적어도 자신의 뒤에서 일을 꾸미는 것보단 나았다.

이렇게 대놓고 친절하게 의도를 드러내 준다면 오히려 대응이 쉬웠으니까.

겉으로는 괴팍해 보이는 게리엘도스 교수였으나 그의 담백한 자존심과 직관적인 성격을 단숨에 읽을 수 있었다.

제법 마음에 드는 인물이었다.

그렇게 마음속에서 흥이 일자 루인은 그에게 대마도사로서 작은 선물을 해 주고 싶었다.

루인이 곧장 걸어가더니 책상 위의 연구 일지를 무심하게 바라본다.

괘씸한 애송이의 행동에 거칠게 화를 내려던 게리엘도스 교수가 이내 멍하게 굳어 버렸다.

곧이어 들려온 루인의 목소리에 사정없이 마음이 흔들린 탓이었다.

"수렴(收斂)이 불가능한 술식에 미련하게 매달리시는군요. 그 회로도는 가속이 아니라 확산(擴散)에 어울립니다."

"뭐……?"

루인의 시선을 좇아 황급히 자신의 연구 일지를 바라보는 게리엘도스.

"미세 단위 저항값도 모조리 틀렸습니다. 누굽니까? 이런 말도 안 되는 회로를 연구랍시고 구현하려는 이가."

"나, 난데?"

뚜벅뚜벅.

루인이 책상 위의 펜을 집어 든다.

이어 그의 연구 일지에 미세한 도형들이 제멋대로 그려진다.

"이, 이보세요! 무, 무슨 짓!"

감히 생도, 그것도 예비 생도 주제에 교수의 연구 일지를 더럽히다니!

아드레나는 어처구니없는 그런 루인의 행동을 다급히 제지하려고 했으나, 교수의 손에 제지당한 것은 오히려 자신이었다.

"아드레나. 조용."

휙휙.

루인이 아무렇게나 휘갈기고 있는 것처럼 보였으나 게리엘도스의 눈은 점점 경악의 빛으로 커지고 있었다.

"약화된 마력을 길게 늘어놓는 시점에서 이미 가속은 힘을 잃었습니다. 당연히 플랫(Flat)을 다시 파형(Wave)으로 치환하고 싶다면 확산을 선택하는 것이 현명합니다. 치환 지점은 이곳, 그리고 이곳이죠."

휙휙.

루인이 펜을 놓자, 그 즉시 게리엘도스는 심상의 세계로 빠져들었다.

새롭게 변형된 마력술식을 끈질기게 심상으로 추적하고 있는 게리엘도스.

부우우웅-

확산을 거듭한 마력이 임계점을 버티지 못하고 사방으로 힘을 뻗는다.

심상의 세계에서 거대한 폭발이 일어났다.

콰아아아아아아앙-

지난 세월 그토록 매달렸던 멀티 아레아 익스플로전.

그렇게 7위계를 이룩하기 위한 첫걸음.

그 간절했던 염원이 허무하리만치 쉽게 완성되었다.

떨리는 마음을 겨우 추스르며 천천히 눈을 뜨는 게리엘도스.

"교수님이 베풀어 주신 작은 호의에 대한 제 화답입니다. 이것까지 마탑에 보고하고 싶진 않으시겠죠?"

게리엘도스가 미묘한 표정으로 표정을 굳혔다.

마탑에 이 일을 보고한다?

그 즉시 오랫동안 매달려 온 자신의 연구 성과는 모조리 루인이 가져가게 된다.

한데, 그것보다 더 의미심장한 말이 있었다.

"내가 베푼 호의라니? 이 게리엘도스가 자네에게 베푼 호의는 없네만."

루인이 고아하게 목례를 하며 연구실의 문을 열었다.

"적어도 뒤통수치는 사람 같지는 않아 보여서요."

철컥.

연구실의 문이 닫히고도 한참이 지날 동안 게리엘도스 교수는 아무런 반응이 없었다.

그러다 문득 호탕하게 웃음을 터뜨리는 게리엘도스.

"으하하하하! 정말 묘한 놈이군!"

그랬던 그가 금방 눈을 빛내며 아드레나를 향해 일침을 놓았다.

"지금 자네는 여기서 뭐 하는가? 어서 녀석을 따라붙지 않고?"

"에? 아, 아 넵!"

아드레나가 빨간 머리칼을 휘날리며 연구실 바깥으로 달려갔다.

◆ ◇ ◆

"어, 루인 씨의 방은 여기네요."

자신을 향해 생긋 웃고 있는 아드레나.

루인은 친절한 그녀의 행동에 피식 웃어 버렸다.

어디 좋아서 그러겠는가, 돈 때문에 저러는 거지.

덜컥.

"방 안까지 따라오는 건 아니겠지?"

"어머? 반말?"

귀족도 아닌 평민 출신, 그것도 예비 마법 생도가 반말을 건네올 줄은 몰랐는지 아드레나가 묘하게 눈을 흘기고 있었다.

"상대의 일거수일투족을 감시하려고 작정했다면 이 정도 대접은 감수해야 하지 않나? 이토록 명징한 불쾌감은 오랜만이라 나도 어떻게 반응해야 할지 잘 모르겠군."

루인은 마탑의 지시를 받는 사람 앞에서까지 굳이 평민 연기 따위를 유지하기는 싫었다.

이 빨간 머리 소녀는 언제든지 마탑의 늙은이들을 통해 자신의 정보에 접근이 가능한 인물.

"어, 그렇다고 그런 앳된 얼굴로 늙은이처럼 굴 필요까진 없잖아요? 말투가 너무 이상해. 무슨 교수님들 같아."

이어 재빠르게 일지를 꺼내 무언가를 적는 아드레나.

『오만함. 말투가 늙음.』

씨익 웃던 그녀가 곧장 루인의 반대편 방문을 열었다.

루인이 금방 미간을 찌푸린다.

"빈방이 원래 이렇게 많나?"

"어, 빈방이 아닌데요? 봄 방학이라 생도들이 도착하려면 아직 일주일 정도 남았죠."

"고작 날 감시하기 위해 멀쩡하게 주인이 있는 방을 허락도 없이?"

"어, 이 게리엘도스 교수님의 조교님에겐 무등위 마법 생도들의 방 배정 따윈 쉽게 바꿀 수 있는 힘이 있으니까요? 힛!"

"알 만하군."

쾅―

루인은 그렇게 신경질적으로 문을 닫고서 방 내부를 찬찬히 관찰하기 시작했다.

간신히 누울 수 있을 것만 같은 좁은 침대, 그리고 그 위에 정돈된 생도복 두 벌.

낡은 책상 위의 가지런한 필기구와 수업에 관한 안내 책자, 또 삐거덕거리는 의자 하나가 전부였다.

침대를 제외하면 움직일 수 있는 공간은 고작 서너 걸음 남짓.

유일하게 마음에 드는 것이 하나 있다면 작은 창문을 완벽히 가려 주고 있는 마법 커튼이었다.

커튼에 새겨진 술식을 살피던 루인이 피식 웃었다.

빛이나 소음, 냄새 따위를 완벽히 막아 주는 차폐 마법이 새겨져 있었다.

일종의 아티펙트인 셈.

그나마 마법사의 민감한 성향을 고려해 저런 커튼이라도 매달려 있다는 점은 다행이었다.

루인이 침대 위에 있는 생도복을 집어 들더니 곧 펼쳐 보았다.

펄럭.

"으음……."

과연 왕실 아카데미의 생도복답게 화려한 금장 단추들과 정교한 문양, 그에 대비되는 깔끔한 디자인은 확실히 인상적이었다.

하지만 이걸 입고 있는 자신의 모습을 상상하자니…….

"정말로 소년이 된 기분이군."

찝찝한 표정으로 생도복을 입고 있는 루인.

역시 뭔가 치욕적이다.

대마도사의 고고한 자아가 생도복을 거부하고 있었다.

"하아……."

그렇게 루인이 자괴감에 비틀거리고 있을 때, 쟈이로벨의 낄낄거리는 웃음소리가 들려왔다.

-클클! 네놈의 수준에 딱 맞다! 햇병아리 마법 생도 정도가 네놈에게 딱 어울려!

그때.

똑똑—

낯선 노크 소리.

루인이 문을 열었을 때, 아드레나가 낑낑거리며 땀을 닦고 있었다.

"어, 이거 당신이 보낸 물건인가요?"

아드레나가 간이 수레로 힘겹게 끌고 온 것은 육중한 자물쇠로 잠긴 궤짝이었다.

반가운 마음에 루인이 활짝 웃었다.

"알맞게 도착했군."

역시 집사 아길레의 일 처리는 너무나 완벽하다.

도착할 날짜만 알려 줬을 뿐인데, 딱 쟈이로벨이 시건방을 떨 즈음에 절묘하게 배달된 것이다.

-저, 저, 저건 또 왜 가져온 것이냐!

'네놈 주둥이에 자물쇠를 채우기 위함이지.'

-이, 이런 빌어먹을……!

루인이 간이 수레에서 궤짝을 내린 후 방으로 질질 끌고 갔다.

이마의 땀을 닦던 아드레나가 안경을 올려 썼다.

"도대체 이 무식한 자물쇠는 뭐죠? 금은보화라도 들었나요?"

"고맙군."

쾅—

안 그래도 좁아터진 방에 궤짝까지 한 자리를 차지하자 더욱 운신의 폭이 좁아졌다.

그럼에도 루인의 얼굴에는 미소가 사라지지 않았다.

이 무식한 마신 놈을 길들이기 위해서는 반드시 필요한 아이템.

효과는 즉각적으로 나타났다.

한껏 비웃음을 늘어놓던 쟈이로벨이 언제 그랬냐는 듯 침묵하고 있었다.

드르륵—

루인이 금방 의자에 앉아 눈을 감았다.

이어진 마인딩.

이왕 이렇게 된 이상 아카데미에서의 시간을 최대한 효율적으로 활용해야 했다.

흑암의 공포에게 휴식과 여유란 그야말로 아득한 것.

의미 없이 보낸 시간은 결국엔 파멸로 돌아올 것이다.

'……'

지금부터 자신이 하고자 하는 것은 미래를 바꾸는 일이었다.

더구나 도래될 재앙을 막는 길.

변수를 줄이고 위험을 대비하는 것만으로는 결코 해낼 수 없는 일이었다.

그래서 루인은 확신할 수 없었다.

본디 미래란 깨진 유리와 같아서 신조차도 예측할 수 없는 것.

당장 이 마법 생도의 생활조차도, 만 년이 넘는 마인딩에서 한 번도 떠올려 보지 못한 변수였다.

인정해야만 했다.

신조차도 깨진 유리의 결을 헤아릴 수 없듯, 자신 역시 마찬가지라는 것을.

결국 루인은 차원 거품에서의 모든 마인딩의 결과값을 백지화했다.

일단은 좌고우면하지 않고 마도사의 역량을 키워 나가는 것.

잃어버린 마법의 체계를 회복하는 것만이 모든 계획의 시발점이 될 터.

아니, 반드시 전생의 경지를 초월해 새로운 마도를 개척해 내야만 했다.

"……."

더 이상 모두를 잃고 남겨지긴 싫었다.

남겨진 자가 할 수 있는 거라곤 분노밖에 없었으니까.

빠득.

루인이 이를 물며 자신의 몸을 점검했다.

막 회귀했을 때와 비교하면 시야가 제법 선명하게 돌아와 있었다.

십 년 이상 움직이지 않았던 근육들도 혈주신에 의해 어느 정도 회복된 상태.

아직 심장을 포함한 주요 장기들이 쇠약한 상태이긴 하지만.

인간의 육체란 결국 정련되는 쇠와 같아서 단련하면 할수록 강해지는 법.

'일단 몸부터.'

혈주신 같은 외부의 권능에 기댄 육체가 아니라 온전하게 강한 인간의 몸, 일단 그것이 필요했다.

정신이란 묘해서, 결국 육체가 강건하지 않으면 제대로 마도의 사념을 완성할 수가 없었다.

철컥-

루인이 다시 문을 열고 나왔을 때, 아드레나는 복도에 기대어 책을 읽고 있었다.

말끔하게 생도복을 입고 나온 달라진 루인의 모습에 아드레나는 꽤 놀란 듯이 보였다.

"어? 제법……."

아드레나의 노골적인 감시가 거슬렸는지, 루인이 홱 하고 그녀를 지나쳐 기숙사를 빠져나왔다.

◆ ◇ ◆

"헉! 허억!"

아카데미의 운동장을 이제 열 바퀴 정도 돌았을 뿐인데 한계까지 숨이 차오른다.

루인은 신경질적으로 숨을 몰아쉬며 바닥에 널브러졌다.

찢어질 듯 부풀어 오른 폐부로부터 비릿한 피내음이 올라왔다.

"빌어먹을……."

처음으로 혈주신의 권능을 활용하지 않고 몸을 혹사시켜 본 결과 상상했던 것 이상으로 형편없었다.

루인이 쉴 새 없이 후들거리는 다리를 간신히 부여잡고 다시 일어났다.

고작 열 바퀴를 첫 번째 한계로 규정하긴 싫었다.

끊어질 듯한 폐부를 견디면 견딜수록 내일은 좀 더 쉽게 숨을 쉴 수 있을 테니까.

그렇게 비척거리며 나아간 루인이 이내 다시 뛰기 시작했다.

"뭐야 저 남자……."

루인의 모습을 멀리서 지켜보던 아드레나는 멍한 표정을 하고 있었다.

물론 마법사라고 해서 몸을 단련하지 말라는 법은 없었다.

하지만 그것도 어느 정도 마법의 역량이 갖춰졌을 때야 생각해 볼 일.

당장 마법 이론 하나 마법회로 하나 더 살펴봐도 모자랄 햇병아리 시기에 몸부터 단련하려 드는 마법 생도는 처음이었다.

'설마? 아까 연구 일지에 제멋대로 휘갈긴 그 회로도가 제대로 된 조언이었다구?'

그럴 리가 없다고 생각했지만 게리엘도스 교수님의 반응이 워낙 남달랐기에 아예 가능성이 없어 보이진 않았다.

그러나 이내 고개를 내젓는 아드레나.

'말도 안 돼. 그건 교수님께서 2년이 넘도록 매달린 연구야. 그럴 리가 없어.'

한 번 스윽 본 것만으로 2년 동안 교수님을 괴롭히던 난제를 단숨에 해결해 준다?

세상에 그런 천재는 없다.

아니, 마탑이라면 몰라도 적어도 이 아카데미에서는 존재할 수 없었다.

당장 게리엘도스 교수님의 포커싱 마법에 아무런 마력도 포착되지 않았다.

그런 자의 재능이라고 해 봤자 뛰어난 마나 감응력 정도가 전부라는 뜻.

관찰까지가 임무였지만 선배 생도로서 작은 조언 정도는 나쁘지 않겠지.

아드레나가 비틀거리는 루인에게로 다가갔다.

"저어, 지금 뭐 하시는 거죠?"

"허억허억……!"

흐릿해지는 의식, 기울어져 가는 초점을 간신히 부여잡고 루인이 힘겹게 입을 열었다.

"후우우…… 보면 모르나……?"

철퍼덕.

결국 열두 바퀴가 한계.

루인이 그대로 운동장에 쓰러지자 그의 위로 가느다란 그

늘이 졌다.

아드레나가 아래를 바라보며 말했다.

"저어, 무등위 마법 생도의 생활은 절대로 만만하지 않거든요? 아직 시즌 전이지만 이렇게 의미 없이 체력을 써 버린다면 정작 수업 때 견디지 못할 거예요."

"……의미가 없다고?"

예의 비틀린 웃음이 루인의 입가에 떠올랐을 때 아드레나의 친절한 목소리가 조금은 고양되었다.

"마법사의 마력은 정신에서 나온답니다. 그런 지친 몸으로는 절대로 정신을 가눌 수 없는 거예요. 아시겠어요?"

루인이 가슴을 움켜쥔 채 참지 못하고 웃음을 터뜨렸다.

"너…… 달려 보지 않았군."

아드레나가 어이가 없다는 듯 얼굴을 구겼다.

이 아무것도 모르는 애송이는 마법 생도 생활을 대체 뭐라고 생각하는 거지?

"끊임없이 이어지는 수업, 조별 과제, 마나 강화, 염동 수련, 심상 수련, 언령 개화, 회로 개발, 술식 논증. 더 말해 드릴까요?"

"……."

"거기에 마법 외적으로 머리 아픈 일들도 수두룩하죠. 생도들과 부딪히면 필연적으로 따라오는 감정 소모, 파벌들끼리의 피곤한 견제. 거기에 교수님들이 소속된 학파에 따라 눈치도 살펴야 하고, 그런 괴팍한 교수님들의 짜증도 견뎌야 하고. 아 말하고 나니까 또 열받네."

루인은 그저 빙긋이 웃고 있었다.

마법을 배우는 자가 저리도 머리가 복잡하니 그 안에 마도(魔道)의 깨달음이 들어서는 속도가 느릴 수밖에.

"달려 본 적이 있는가를 물어보는데 이상한 대답을 하는군."

"아니, 대체 학부 생활과 달리기에 무슨 상관관계가 있냐고오!"

루인이 말없이 웃고만 있자 아드레나가 더욱 크게 버럭 소리를 지른다.

"체력 소모 외에 달려서 뭘 얻을 수 있는 거죠? 항시 말끔한 정신을 유지하는 것이 마법사의 기본이라는 것도 모르면서 마법학부에 입학한 건가요?"

"정신."

"에, 뭐어?"

말끔한 정신을 유지하기 위해 헛되이 체력을 낭비하지 말라고 충고하고 있는데 그런 정신을 얻을 수 있다니?

"이, 이……!"

"달려 보지 않으면 절대로 이해할 수 없을 테니 궁금하면 내일부터 함께 달려 보든가."

아드레나는 코끝을 찡그린 채 획 하고 고개를 돌렸다.

선배의 진심 어린 충고를 한 귀로 흘려버리는 녀석에게 더 이상 해 줄 조언 따윈 없었다.

"크으……."

힘겹게 일어난 루인이 태연한 얼굴로 아드레나를 바라본다.

"밥은 어디서 먹지?"

"홍."

다시 일지를 꺼내 들며 기숙사를 향해 걸어가는 아드레나.

『철이 없음.』

게슴츠레하게 왕국을 엿보던 태양이, 노을과 함께 눈을 감고 있었다.

시즌의 시작을 알리는 종소리와 함께 마법학부의 아침이 밝았다.

여전히 한계까지 몸을 혹사시켰는지 루인이 땀에 범벅이 된 채로 기숙사의 식당에 들어서고 있었다.

"……."

그와 함께 식당에 도착한 아드레나는 마치 질린다는 듯한 얼굴.

루인의 체력 단련은 철없는 소년의 오기 같은 것이 아니었다.

그는 늘 정해진 시간에 운동장에 나와 달리기를 시작했고,

지쳐서 쓰러질 때까지 그 미친 짓을 수도 없이 반복했다.

지켜보는 것만으로도 역한 구토가 치밀 만큼 안쓰러울 지경.

그중에 몇 번은 의식까지 잃어버려 병설 의무대의 장교까지 소환했었다.

황당한 것은 그렇게 겨우 회복한 후에 또다시 달리기를 반복한다는 것.

오전 내내 달리기, 몇 시간의 휴식, 오후 달리기, 또 휴식, 저녁 달리기 후에야 일과 종료.

이 무식한 짓을 봄 방학 기간 내내 반복하는데…….

'그는 이제 한 번에 50바퀴를 뛸 수 있어.'

금방이라도 쓰러질 듯 비틀거리면서도 끝까지 목표를 완주하고야 마는 그 무시무시한 눈빛에 지금도 오소소 소름이 돋는다.

하지만, 앞선 모든 것보다 황당한 시간은.

바로 지금.

"와…… 또?"

왕실 아카데미가 제공하는 식단은 매우 다채롭고 화려하다.

감미로운 향을 뿜내는 스튜만 해도 취향에 따라 이십여 종이 넘게 제공되고 있었고.

신선한 해산물과 채소로 볶은 스파게티, 갖은 향으로 드레싱한 샐러드들.

왕실 제빵사들의 실력을 알 수 있는 엄청난 종류의 빵, 쿠

키, 파이들.

형형색색의 케이크, 샌드위치, 도넛.

온갖 청량한 향을 뿜어 대는 과일 쥬스와 차(Tea).

거기에 질 좋은 고기로 구운 스테이크의 종류만 해도 수십 가지…….

적어도 먹는 시간만큼은 천상의 행복을 누릴 수 있는 곳이 바로 왕립 아카데미다.

한데.

루인이 식판 위에 담는 음식은 언제나 딱 세 가지.

한 주먹의 채소, 으깬 감자, 삶은 고기 반 덩이.

그의 식단은 절대로 이 기준을 벗어나지 않는다. 심지어 양까지도 한 치의 오차 없이 늘 정확하다.

과거 아드레나는 수도원의 성직자들과 식사할 기회가 있었는데, 그 엄격한 절제의 상징인 성직자들도 이 정도까진 아니었다.

어차피 루인을 관찰하는 건 일이기도 했고 그동안은 꽤썸해서 애써 참아 왔다.

하지만 아드레나는 오늘만큼은 도저히 묻지 않을 수 없었다.

"아니, 다른 맛있는 요리들이 저렇게나 많은데 왜 항상 그렇게 먹는 거죠?"

의외로 그의 대답은 허탈하리만치 간단했다.

"습관이다."

"……"

오물거리며 씹고 있는 루인을 멍하니 바라보고 있는 아드
레나.

씹고 삼키는 속도도 지나치게 느리다.

마치 진미를 음미하는 듯이.

"에, 그러니까 그런 습관을 유지하는 이유 말이에요. 내가
듣고 싶은 건 그 이유겠죠?"

곧 루인이 귀찮다는 듯한 표정으로 나이프와 포크를 내려
놓았다.

"인간의 행위는 반드시 의식에 영향을 준다. 식습관도 의
식에 무시할 수 없는 영향을 미치지."

"에, 의식이요?"

맛있는 음식을 먹고 싶은 것은 인간의 본능이다.

그런 자연스러운 행동을 거창하게 의식과 연결을 짓다니.

그러나 루인의 주장이 신선하게 다가왔는지, 아드레나는
더욱 호기심이 치민 듯 했다.

안경을 치켜 올리며 다시 관심을 보이는 아드레나.

"먹는 행위, 그러니까 식습관이 의식에 무슨 영향을 준다
는 거죠?"

"비단 식욕에 한정되진 않아. 즐겁고 쉬운 것을 탐하는 본
능에 길들여질수록 반드시 다른 무언가는 무뎌지지. 이를테
면 끈기나 인내 같은 것."

"끈기? 인내?"

다시 으깬 감자를 천천히 씹어 대던 루인이 포크를 놓았다.

"긴장이 무너지기 때문이다. 인간의 자의식은 허약하다. 뛰다 보면 걷고 싶고, 걷다 보면 멈추고 싶지. 멈추면 앉고 싶고 앉으면 눕고 싶다. 끝내 누우면 자고 싶지. 이건 진리다. 먹는 것도 마찬가지."

"……."

"즐거운 맛을 탐할수록 더한 즐거움을 찾는다. 더 이상 즐거움을 채울 수 없으면 욕구는 비틀린다. 비틀린 욕구는 의식에 영향을 끼쳐 더한 자극이 올 때까지 부정정인 것들을 토해 낸다. 나태, 불신, 불만…… 타성에 젖는다는 건 그런 거지."

아드레나는 더욱 멍해졌다.

아니 으깬 감자 먹는 것에 무슨 저런 터무니없는 철학까지 늘어놓는 거지?

"에…… 너무 오버하는 거 아닌가요? 맛있는 걸 먹는 건 그저 힘들고 고된 삶에 자그마한 보상 같은 거잖아요? 굳이 그렇게까지 갖다 붙일 필요는……."

씨익.

"그럼 넌 그렇게 살면 된다. 난 그저 질문에 대답해 준 것 뿐. 각자의 방식대로 사는 거지."

사실 루인의 오랜 습관이기도 했지만 급격하게 영양을 늘릴 수 없는 현실이기도 했다.

십 년 이상 쟈이로벨에 의해 생명력을 갉아 먹히며 피폐해
진 몸.

아직 장기 기능이 원활하지 않았기에 소화할 수 있는 양에
는 한계가 있었다.

다시 으깬 감자를 씹어 가는 루인.

아드레나가 조심스럽게 일지를 꺼내 적기 시작했다.

『맛있는 걸 잘 안 먹음. 성직자가 더 어울림.』

그때, 한 무리의 예비 생도들이 식당으로 들어왔다.

거만한 표정으로 그리 즐겁지 않은 일에도 낄낄거리며 입
장하고 있는 예비 생도들.

그들은 루인과 함께 아카데미에 입소한 보결 생도들이었다.

문득 아드레나가 조용히 자리에서 일어났다.

보결 생도들을 힐끗거리는 그녀의 눈.

그 눈빛에 깃든 감정은 일종의 혐오였다.

그저 자신의 뜻과 함께할 인재를 영입하거나 시간만 축내
기 위해 입소한 귀족가의 자제들.

마법을 향한 열정도 간절한 목표도 없는, 그저 날 때부터
모든 것을 가지고 태어난 철없는 아이들이었다.

아드레나는 그런 인간들에게까지 굳이 심력을 소모하고
싶진 않았다.

뭐, 돈이 된다면 모르겠지만…….

그런 의미에서, 이토록 쉬운 마탑의 임무가 자신에게 맡겨진 것은 참으로 행운이었다.

무려 600리랑이라니!

루인이라는 소년이 복덩이처럼 보이는 이유다.

"에, 전 나가 있겠어요."

"나도다."

삶은 고기를 입에 욱여넣으며 서둘러 자리에서 일어나는 루인.

그렇게 루인과 아드레나는 재빠르게 식당을 빠져나왔다.

첫 수업을 듣기 위해 교실에서 기다리고 있던 루인.

그가 곧 아드레나를 발견하곤 인상을 찡그렸다.

그녀의 어깨 위에 있는 견장이 자신과 같은 무등위였기 때문.

단지 견장 하나만 바뀌었을 뿐인데, 아드레나의 분위기는 확 달라져 있었다.

생기발랄하게 웃고 있는 표정이 영락없는 새내기 생도였다.

"어……?"

그런 아드레나를 발견한 슈리에가 깜짝 놀라며 입을 열 찰나, 아드레나가 황급히 쉿 하고 손가락을 입에 갖다 댔다.

아드레나는 작게 고개를 끄덕이고 있는 슈리에에게 눈짓 하더니, 이내 루인의 옆자리에 아무렇지도 않게 앉았다.

"꼭 이렇게까지 해야 되나?"

"어, 제 임무니까요?"

싱긋.

하지만 아드레나의 시선을 외면하는 루인.

곧 그가 봄 방학을 마치고 돌아온 무등위 생도들의 면면을 유심히 살피고 있었다.

보결 생도들과는 달리 그들의 눈빛에는 열기로 가득했다.

'이제 좀 생도 같은 놈들을 만나는군.'

지금도 열심히 수련하고 있을 데인이 생각났는지 루인은 기분 좋게 웃고 있었다.

그때 첫 수업의 교수가 나타났다.

'게리엘도스 교수?'

깔끔한 달마티카(Dalmatica)를 걸치고 나타난 게리엘도스 교수는 전과는 확연히 분위기가 다른 모습이었다.

부스스한 머리칼도 깔끔하게 정리 정돈되어 있었고 인상 도 한층 온화했다.

또한 난제를 해결한 것이 기뻤는지, 고조된 감정이 한눈에 느껴졌다.

잠시 후 그는 교탁 위의 교편을 집어 들더니 고아한 눈빛으 로 생도들을 쓸어 보고 있었다.

그는 가타부타 인사도 없이 곧바로 수업으로 들어갔다.

"오늘은 융해(融解) 마법에 대해 강론하겠네. 지난 과제에서 가장 좋은 성적을 낸 학생이…… 쥬드 생도군. 쥬드 생도, 융해 마법에 대해서 아는 대로 말해 보게."

게리엘도스 교수에게 호명된 쥬드가 자신감 있게 일어났다.

"융해는 열화(烈火) 계열의 좀 더 진보된 마법입니다. 요구되는 마력으로 보나 술식의 난이도로 보나 훨씬 구사하기 어렵습니다."

"……끝인가?"

쥬드가 입을 오므리며 자리에 앉자 게리엘도스 교수는 다소 실망한 표정이었다.

한데 그때 누군가가 조용히 손을 들었다.

그녀는 루인과 함께 입학한 보결 생도 리리아였다.

"오, 말해 보게."

이내 리리아의 무뚝뚝한 목소리가 울려 퍼졌다.

"융해 마법의 기초가 되는 마법은 마그마 필드(Magma field)예요. 요구 마력량 사천 리쿼르. 염동력 수치, 술식의 난이도, 언령 수준 등을 모두 고려한다면…… 최소 5개의 고리를 이룬 5위계 마법사 이상은 되어야 초보적인 단계라도 밟아 볼 수 있을 거예요."

"정확하네."

게리엘도스 교수는 의외라는 듯, 리리아를 흥미롭게 바라보고 있었다.

눈빛부터 여느 귀족가의 자제들과는 다르다.

보통 보결 생도들은 말썽만 피우지 학습에 열정적인 경우를 찾아보기 힘든데 적어도 리리아만큼은 달라 보였다.

남다른 보결 생도의 수준에 더욱 기대되는 것은 바로 저놈이었다.

"루인 라이언 생도."

한 차례 눈살을 찌푸리던 루인이 어쩔 수 없다는 듯 자리에서 일어났다.

"자네 역시 융해 마법에 대해 아는 것을 말해 보게."

이내 루인의 무신경한 목소리가 울려 퍼졌다.

"아는 것이 없습니다."

금방 자리에 앉아 버리는 루인.

하지만 게리엘도스 교수는 포기하지 않았다.

눈앞에서 2년 동안 풀지 못한 자신의 난제를 풀어 버린 녀석이었다. 저 대답이 진실일 리가 없었다.

"지혜란 모두가 함께 쌓아 가는 탑과 같은 것일세. 마법사들의 이상과 역사가 마탑(魔塔)이라 불리는 곳에 모이는 이유지."

게리엘도스 교수가 루인의 두 눈을 끈질기게 응시하고 있었다.

"자네가 진정으로 마법사의 길을 걷는 자라면…… 모두와 나누게. 그것이 마법이 지향해야 할 참된 길이 아닌가."

한없이 무심한 눈.

잠시 게리엘도스 교수의 말을 음미하던 루인이 다시 담담하게 일어났다.

인간의 백마법.

그의 마도론(魔道論)이 루인의 마음을 조금은 움직였다.

"광역 마법을 배우기 전에 가장 먼저 고려해야 할 것은 마력이나 염동력 같은 기술적인 면이 아닙니다."

"……그럼?"

루인이 마법 생도들을 쓸어 본다.

"효율을 고려한다면 융해 마법 같은 마력 소모가 심한 마법을 대인전에 쓸 멍청이들은 없겠죠."

"그렇지."

루인이 교실의 창밖을 쳐다본다.

"광역 마법은 전장(戰場)에서 진정한 위력을 발휘합니다. 단숨에 전세를 뒤집을 수 있는 것이 바로 광역 마법이죠. 하지만—"

순간적으로 강렬해지는 루인의 두 눈.

"정도의 차이일 뿐 반드시 아군 측의 피해도 함께 일어납니다."

쥐죽은 듯이 조용해지는 교실.

"지휘관이, 내 동료들이 적과 함께 처절한 비명을 지르며 용암 속으로 타들어 가는…… 그런 비윤리를, 그런 비인간성을 내가 견딜 수 있는가."

모든 생도들이 멍한 얼굴로 루인을 응시하고 있었다.

"그 모든 처참한 감정을 짊어진 채로도 계속 나아갈 수 있는 정신력. 그런 지옥 같은 상황 속에서도 철저한 효율만을 강구해 낼 수 있는 무자비한 마음. 그래서 마법사란—"

반쯤 뜬 루인의 두 눈이 교실 속의 생도들을 담담히 훑는다.

"열상이니 융해니 하는 것보단 인간의 감정을 덜어 내는 법부터 배워야 합니다. 지금의 이 수업은 그래서 아무런 의미도 없는 것이죠."

그대로 굳어진 게리엘도스 교수.

루인이 건넨 묵직한 감정이 그의 가슴을 짓누르고 있었다.

생도들이 하나같이 멍하니 루인을 바라보고 있었다.

〈3권에서 계속〉

잇츠 마이 라이프

초촌 현대판타지 장편소설

IT'S MY LIFE

무심코 내뱉은 술주정이 현실로?
다사다난했던 1983년으로 회귀하다!

우연한 술자리에서 속마음을 털어놓은 것은,
그저 가슴속 멍울을 해소하기 위한 몸부림이었다.

"솔직히 좀 부럽더라고요.
그런 인생을 살고 싶었거든요"

대기업 마케터로 잘나갔고, 작가의 삶도 후회하지 않는다.
마흔이 넘도록 내세울 것 하나 없다는 것만 빼면.
그래서 푸념처럼 했던 말인데, 정말로 현실이 될 줄이야.
5공 시절의 따스한 봄날, 7살의 장대운이 되었다.

지금이 아니면 다시는 돌아오지 않을 기회.
제대로 폼나게 살아 보자.
이 또한 장대운, 내 인생이니까.

조선이 문명함

조휘
대체역사 장편소설

여느 때와 다름없이 퇴근 후 게임을 즐기는 일상.
그런데 이질적인 무언가가 시선을 강하게 사로잡는다.

〈99/100〉

EHS라 적힌, 단순하기 짝이 없는 아이콘.
기호와 숫자 몇 개가 전부인 소개 문구.

대체 무슨 게임일까 하는 묘한 이끌림이 클릭을 강제했고,
정체를 알 수 없는 문자들이 쏟아져 나오는 것과 함께
세상이 한 점을 중심으로 회전하며 비틀리기 시작한다.

조금 전과는 한없이 동떨어진 상황이 눈앞에 펼쳐지는데,

"상감마마!"

나보고 왕이란다.